# 마왕

요 도 김남재 신무협 장편소설

ORIENTAL FANTASY STORY & ADVENTURE

dream
books
드림북스

# 마왕 1

**초판 1쇄 인쇄** 2016년 7월 7일
**초판 2쇄 발행** 2017년 2월 20일

**지은이** 요도 김남재
**발행인** 오영배
**기획** 박성인
**책임편집** 이대용
**표지 · 본문 디자인** 권지연
**일러스트** 나래
**제작** 조하늬

**펴낸곳** (주)삼양출판사 · 드림북스
**주소** 서울시 강북구 도봉로 173
**대표 전화** 02-980-2112 **팩스** 02-983-0660
**편집부 전화** 02-980-2116 **팩스** 02-983-8201
**블로그** blog.naver.com/dreambookss
**출판등록** 1999년 3월 11일 제9-00046호

© 요도 김남재, 2016

ISBN 979-11-313-0508-9 (04810) / 979-11-313-0507-2 (세트)

**드림북스**는 (주)삼양출판사의 판타지 · 무협 문학 브랜드입니다.

마왕
1
요도 김남재 신무협 장편소설
ORIENTAL FANTASY STORY & ADVENTURE
dream books
드림북스

# 목차

서(序) — 혁련휘, 세상으로 나오다     007

1장. 환영학관(幻影學館) — 입관하러 왔습니다     029

2장. 탄로 — 형님으로 모실게요     079

3장. 입관 시험 — 죽진 않을 거야     101

4장. 흑봉 — 골치 아프게 하는군     137

5장. 주자악 — 꼭 합격해라     177

6장. 비파월 — 저희는 돈으로 움직입니다     209

7장. 입관식 — 입관을 환영하지     247

8장. 양우생 — 누추한 곳입니다     281

# 서(序)

— 혁련휘, 세상으로 나오다

오색찬란한 각양각색의 비단들과 값비싸 보이는 화병, 그리고 장식품들이 가득한 방은 보통 인물이 기거하는 곳이 아닌 듯싶었다.

그런 방 한쪽에 위치한 침상.

그 침상은 보통 나무보다 훨씬 단단하기로 이름 높은 흑단목으로 만들어진 것이었다.

흑단목으로 만들어진 침상에는 황금색 용이 새겨져 있었고, 그 크기는 몇 사람이 누워도 부족하지 않을 정도로 널찍했다.

화려함과 웅장함이 가득한 방. 하지만 방 안에는 차가운 공기와 지독할 정도의 적막함만이 흘렀다.

침상 위에 누워 있는 한 사내, 그리고 그런 그를 내려다보는 또 다른 한 명의 사내가 방 안에 있는 전부였다.

침상에 누워 있는 사내의 이목구비는 흡사 조각상을 직접 손으로 어루만져 만들어낸 것만 같다. 시원시원하게 뻗은 코는 사내다우면서도 부드러워 보였고, 굳게 닫힌 입은 심지가 굳어 보였다.

허나 그토록 잘생긴 사내에게서 모자란 것이 딱 하나 있었으니 그건 바로 생기(生氣)였다.

차갑게 식은 몸. 입가에 얼룩져 있는 핏자국은 분명 사내가 토해 낸 피가 분명했다.

바로 그 순간 어둠 속에서 침상에 누워 있는 사내를 바라보던 정체불명의 인물이 한 걸음 앞으로 다가왔다.

창문 틈으로 밀려드는 달빛에 의해 사내의 얼굴이 서서히 드러나기 시작했다.

모습을 드러낸 사내의 외모는 침상에 누워 있는 자와 꽤나 닮아 보였다. 한층 더 뛰어난 외모에 나이가 두어 살 정도 많아 보이는 것을 제하고 전체적인 이목구비가 많이 비슷했다.

하지만 얼굴의 일부분이 비슷했을 뿐 둘에게서 풍기는 분위기는 완연히 달랐다.

정갈한 옷차림에 깨끗하게 정리한 머리를 한 죽은 사내와는 달리 자리에 서 있는 자는 무척이나 날카로워 보였다.

머리는 목을 살짝 덮을 정도였고, 그것마저도 거칠게 다듬어진 느낌이다.

거기다 감정이 없어 보이기까지 하는 냉랭한 시선에서 느껴지는 한기는 주변을 얼어붙게 만들 것만 같았다.

침상에 누워 있는 사내가 부드러운 느낌이라면 이자는 대조적으로 위험한 분위기를 풀풀 풍겼다.

무표정에 가까운 얼굴.

하지만 죽은 사내를 내려다보는 그의 눈동자만큼은 격한 감정에 휩싸인 듯했다.

한 사내가 죽어 있는 이 방. 이곳은 다름 아닌 마교 소교주의 거처인 성림원(聖林院)이라는 곳이다.

그리고 침상에 누운 채로 숨을 거둔 젊은 사내가 바로 마교의 소교주인 혁리원(赫悧原)이었다.

마도인들이 하늘처럼 우러러보는 마교.

그런 마교의 다음 교주 후보인 혁리원이 이렇게 싸늘한 주검이 되어 있었다.

숨을 거둔 혁리원을 내려다보는 정체불명의 사내의 입이 열리며 낮은 중저음의 목소리가 떨리듯이 흘러나왔다.

"꼴이…… 우습구나."

최대한 감정을 억누르곤 있었지만 그 목소리에서는 감출 수 없는 분노가 가득 실려 있었다. 사내는 혁리원의 죽음에 크게 화가 나 있는 것이었다.

이 아이를 죽인 자는 과연 누구일까?

그리고 그와 관련된 놈들은 또 누구인가!

으드득.

사내가 이를 갈 때였다.

슈슈슈슉.

바람 소리가 밀려온다.

하지만 그 미세한 소리에 사내의 표정이 슬쩍 변했다. 그의 귓가에는 바람 소리 사이에 숨겨진 누군가의 기척이 똑똑히 들려왔다.

그건 굳이 확인할 필요도 없었다.

곧바로 바깥에서 작은 목소리가 들려왔으니까.

"죽었는지 확인하라."

목소리를 듣는 순간 사내의 얼굴에 흐르던 냉기가 더욱 짙어졌다.

이곳이 어디인가?

모든 마인들의 집결지인 마교다. 그리고 이곳은 그런 마교의 소교주가 기거하는 장소다. 헌데 그런 곳에 잠입하는 자들이 이토록 말소리를 낸다?

그만큼 우습다는 거다.

이미 이렇게 죽었을 거라는 걸 알고 있었다는 것이고, 또 이런 깊숙한 곳까지 아무렇지 않게 자객을 보낼 정도로 소교주의 위상이 바닥으로 떨어졌다는 말이기도 했다.

사내는 주먹을 꽉 움켜쥔 채로 침상에 누워 있는 혁리원을 바라봤다. 냉기가 가득한 얼굴이지만 침상에 있는 혁리원을 볼 때만큼은 눈빛 한편에 왠지 모를 아련함이 감돈다.

'내가 말하지 않았더냐. 넌 너무 무르다고.'

적의를 드러낸 자들이 감히 이곳까지 함부로 침입하게 한다는 건 결코 있어선 안 될 일이다.

사내는 죽은 혁리원을 향했던 몸을 문 쪽으로 돌렸다.

덜컹.

거침없이 문을 열어젖히며 들어서던 일련의 복면인들이 멈칫했다.

선두에 서 있는 복면인들의 수장의 얼굴에 일순 당혹감이 서렸다.

소교주의 거처에 이미 다른 누군가가 자리하고 있는 탓이다.

묘한 분위기를 뿜어내는 젊은 사내의 시선이 자신들에게 향하고 있었다. 일순 당황했던 그였지만 이내 침착함을 되찾고는 입을 열었다.

"네놈은 누구냐? 여기가 어딘지 알고 함부로 침입을……."

"그러는 너희들은? 그걸 아는 놈들이 복면까지 쓰고 이곳에 왔더냐."

사내의 비아냥거림에 일순 복면인은 할 말을 잃었다. 그의 말대로 자신들 또한 이곳에 와서는 안 될 자들이었으니까.

복면인이 슬쩍 뒤편을 바라봤다.

생각지 못한 외인이 이곳에 있긴 했지만 바뀌는 건 없다. 소교주의 생사를 확인하고 그가 혹시나 아직 살아 있다면 죽이는 것이 자신들의 임무다.

그걸 막는 자가 있다면 상대가 누구든지 죽이면 그뿐이다.

복면인이 검을 뽑아 들며 애처롭다는 듯이 말했다.

"누군지는 모르겠지만 그냥 운이 없었다고 생각해라. 이곳에 있었던 이상 살려서 보낼 수는 없거든."

"살려서 보낼 생각이 없는 건 나도 마찬가지다 쥐새끼들."

말을 마친 사내가 손을 뻗는 순간이었다. 손끝에 걸린 내공이 그의 의지에 따라 움직였다.

그리고…….

쿠웅!

놀랍게도 열려 있던 성림원의 문이 닫혔다. 그 모습은 흡사 이 안에 있는 그 누구도 나가지 않게 하겠다는 의지가 느껴졌다.

멀리 떨어져 있는 문을 그저 내공만으로 닫아 버리는 범상치 않은 모습에 복면인들은 뭔가를 느꼈다. 그들의 머리를 동시에 지배한 생각은 하나였다.

'……위험하다.'

하지만 알아차렸을 땐 이미 늦었다.

파츠츠츠츠!

사내의 손 주변으로 정체를 알 수 없는 파장이 요동쳤다. 그것은 흡사 번개를 손안에 담은 것 같은 형상이었다.

그가 서서히 입을 열며 중얼거렸다.

"뇌신(雷神)."

그 한마디가 방에 울려 퍼질 때였다. 가만히 서 있던 이들을 향해 거미줄 같은 형상의 기운이 빛처럼 뿜어져 나갔다. 그리고 그 기운이 그들을 집어삼키는 바로 그 순간 복면인들의 몸이 허공으로 치솟았다.

아주 짧은 순간이었지만 그들의 몸이 벼락에 맞은 것처럼 덜덜 떨리며 순식간에 타들어 갔고, 눈 깜짝할 사이에 새카만 통구이가 되어 바닥에 나자빠졌다.

투두둑.

열 명이 넘는 복면인들이 단 일격에 죽어 버렸다.

살아 있는 것은 오로지 그들의 우두머리로 보이는 한 명뿐.

그는 믿을 수가 없었다.

단 일격에 수하들이 이렇게 죽어 버리다니.

자신들이 누구인가.

흑살방(黑殺幇)의 일급 살수들이다. 그런 자신들을 그저 가벼운 손짓 한 번에 죽여 버리는 이런 고수가 대체 어디서 나타났단 말인가.

놀란 듯 새카맣게 변한 채 죽어 있는 수하들에게 잠시 신경이 팔린 틈이었다.

어느새 거리를 좁힌 사내의 손이 복면인의 머리통을 움켜잡았다.

"헉."

놀란 그가 거친 숨을 들이켰다. 살수인 자신이 이 사내의 움직임을 눈치채지 못했다. 자신의 머리를 움켜쥘 정도로 가까워질 때까지 말이다.

뒤편에서 복면인의 귓가로 입을 들이민 사내가 물었다.

"어차피 대답하지 않겠지만 혹시나 해서 한번 묻지. 누가 이 아이를 죽이라고 시키더냐."

바로 귀 옆에서 들려오는 사내의 낮은 목소리에 복면인

은 자신도 모르게 손이 떨려 옴을 느꼈다. 수많은 살행을 했고, 살수의 길에 들어서면서부터 죽음을 각오했다.

그럼에도 불구하고…… 왜일까?

이 사내에게서 느껴지는 살기가, 그리고 알 수 없게 사람을 짓누르는 그 강인한 기세에 복면인은 숨조차 쉬기 힘들었다.

전신의 모든 털이 곤두설 정도로 그는 무서웠다.

생전 처음 느껴보는 공포.

머리통을 잡힌 채로 복면인이 힘겹게 입을 열었다.

"그, 그걸 내가 대답할 리 없다는 건……."

말이 채 끝나기도 전에 사내가 그럴 줄 알았다는 듯이 고개를 끄덕였다.

"대답하지 않아도 돼. 이 일에 관련된 놈들을 찾아서 죽이고 또 죽이다 보면 결국 배후를 알아내는 건 일도 아닐 테니까."

말을 마친 사내가 머리를 잡은 손에 힘을 슬쩍 주는 순간이었다. 공포에 젖어 있던 복면인이 악에 찬 목소리로 소리쳤다.

"겨, 결국 당신도 죽을 거요! 이미 이 세상은 그들의 것이오! 이번 일에 개입한 당신을 그들은 결코 용서하지 않을……."

"용서라고 했나?"

사내가 기가 차다는 듯이 되물었다.

그러고는 이내 차가운 목소리로 말했다.

"용서는 너희들이 빌어야지. 내 동생을 건드린 너희들이."

"동생?"

복면인이 반문했다.

그도 그럴 것이 마교 소교주인 혁리원에겐 형이 없었다.

마교 교주에게 아들은 단 하나뿐이었고, 그게 바로 혁리원이다. 그런 그에게 형이라고 불릴 만한 존재가 어찌 있을 수 있단 말인가.

생각을 이어가던 복면인의 머리로 하나의 이름이 스쳐 지나갔다. 하지만 그건 말이 되지 않았다.

'그'는 살아 있어선 안 됐다.

머리를 움켜잡고 있는 이자가 정말 자신이 생각한 존재가 맞다면 어떻게 지금까지 살아 있을 수 있단 말인가.

"그, 그럴 리가! 분명 당신은 십수 년 전에 죽었을 텐데……."

놀란 듯 중얼거리던 복면인의 머리로 뇌기(雷氣)가 뿜어져 나갔다. 그러자 그 또한 죽어 버린 수하들과 마찬가지로 새카만 시체가 되어 바닥으로 떨어져 내렸다.

잠시 소란스럽던 소교주 혁리원의 거처엔 침묵만이 감돌

았다. 침입자들의 시신을 바라보던 사내가 침상으로 시선을 돌렸다.

그곳에서 피를 토한 채 죽어 있는 혁리원을 슬픈 눈으로 바라보던 사내가 나지막이 중얼거렸다.

"죽은 사람으로 살게 놔두지 그랬더냐."

십수 년을 죽은 사람으로 살아왔다.

하지만 이제…… 살아야겠다.

\* \* \*

주변을 뒤덮고 있는 녹색의 향연이 봄이 오는 걸 알려주는 듯하다. 생명의 기운이 만연하게 펼쳐진 길옆에는 겨울을 이겨 낸 풀잎들이 다시금 모습을 드러낸다.

조그마한 길. 그렇지만 그 길은 대도시인 성도로 향하는 여러 갈래 중 하나였다.

그런 소로에 세 명의 사내가 모습을 드러냈다.

그들은 제각각 독특한 분위기를 풍겼다. 한자리에 모이기 어려울 것 같은 이들이거늘 그들은 묘하게 어울렸다.

뒤편에 서 있는 한 명은 갓 서른이 넘어 보이는 준수한 사내였다. 마른 체형에 다소 날카로운 인상, 키가 제법 큰 편이었는데 나머지 둘에 비해 작았기에 상대적으로 왜소한 느낌이 들었다.

팔짱을 낀 채로 따라 걷고 있는 그에게선 잘 손질한 칼날에게서나 느껴질 법한 예기가 뿜어져 나왔다.

그리고 그런 사내의 옆에 있는 이는 정반대의 인상을 지녔다.

머리 반 개 가까이 더 커 보이는 커다란 덩치에, 몸 또한 근육으로 가득하다. 또 드러난 양어깨에는 새카만 문신들로 뒤덮여 있었다.

허나 우습게도 그런 덩치와는 어울리지 않게 얼굴은 왠지 순박하고 귀엽다는 생각까지 들 정도였다. 그렇지만 그런 생각은 그 사내의 허리춤에 매달려 있는 도끼를 본다면 곧바로 사라질 게다.

성인 장정의 상체만 한 도끼.

믿을 수 없을 정도로 커다란 도끼가 사내의 허리에 달려 있었다. 피를 머금은 듯한 붉은 손잡이는 왠지 모를 스산한 기운을 풍겼다.

그런 무지막지하게 큰 무기를 지니고 있는 것만으로도 이자가 얼마나 위험한지 감이 올 정도다.

그리고 그런 둘의 앞에서 걷는 한 사내.

그는 뒤에 있는 둘과는 다른 의미로 눈에 띄는 자였다.

잘생긴 외모. 하지만 냉랭하기만 한 눈동자는 사내가 만만한 자가 아니라는 걸 말해 주는 듯했다. 범상치 않아 보이긴 했지만 뒤에 선 둘이 워낙 강렬한 인상을 지녔기에 그들보다 약해 보이는 건 사실이었다.

하지만…….

차가운 인상을 한 사내가 입을 열었다.

"대장, 굳이 이래야겠습니까?"

대장이라는 말에 반응한 것은 선두에 서 있던 젊고 잘생긴 사내였다.

"왜? 인제 와서 겁이라도 나는 거냐. 환야(幻夜)."

"그럴 리가요."

환야라 불린 그가 말도 안 된다는 듯 고개를 저었다. 그런 감정 따위는 이미 버린 지 오래니까. 환야가 다소 걱정스럽다는 듯이 말을 이었다.

"여태까지 음지에서 살아오시지 않으셨습니까. 복수를 하시는 건 저도 찬성이지만 이런 방식이시라면 결국 모두의 주목을 끌게 될 겁니다. 그렇게 표적이 되신다면 분명 위험이…….""

"그게 바로 내가 바라는 바. 숨어 있는 그놈들을 끌어내기 위해선 표적이 있어야 하지. 그게 내가 되어 주는 것뿐이다. 그리고 뭔가 하나 착각을 하고 있는 것 같은데."

"착각이라면 무엇을 말씀하시는 겁니까?"

물어 오는 환야를 향해 시선을 돌린 그가 무표정한 얼굴로 천천히 입을 열었다.

"누가 위험하다고?"

"죄송합니다. 실언을 했습니다."

　자신이 실수를 했다는 걸 깨달은 환야가 입을 닫았다.

　위험하다니? 누가 누굴 걱정한단 말인가.

　상대해야 할 적이 누군지 모른다.

　그들의 숫자가 얼마나 되고, 또 얼마나 강한 힘을 지니고 있는지도 알지 못한다. 그런데 왜일까? 자신이 따르는 이 사내의 먹잇감이 되어 버린 그들이 불쌍하게 느껴지는 이유는.

　환야가 그렇게 사죄를 하고 난 직후였다. 옆에 서 있던 거구의 사내, 커다란 도끼의 주인인 달치(撻治)가 실실 웃었다.

"흐흐. 환야, 멍청하다. 주인한테 대들다가 혼난다."

　재미있다는 듯 웃으며 말하는 달치. 그런데 뭔가 말투가 이상하다. 어수룩해 보이는 말투는 흡사 말을 제대로 할 줄 모르는 어린아이 같아 보였다.

　그리고 실제로 달치의 지능은 여덟 살 정도밖에 되지 않았다.

　옳고 그름이 무엇인지도 모르는 그에게 단 하나 절대적

인 게 있었다.

그건 바로 주인이라 부르는 사내의 명령이었다.

그가 시키는 것이라면 그것이 얼마나 위험한 것이라 할지라도 반드시 해내는 게 바로 달치라는 자다.

환야가 자신을 보며 비웃는 달치를 향해 기분 나쁘다는 듯이 말했다.

"바보 자식아. 죽고 싶어?"

"바보? 지금 나한테 바보라고 했다. 나, 그 말 제일 싫어한다! 환야, 오늘 나한테 죽는다."

달치는 자신을 가리켜 바보라 부르는 걸 극도로 싫어했다.

도끼로 향하는 손을 보는 순간 환야는 움찔했다. 비록 모자라다고는 하지만 그건 머리에 한해서다. 그의 엄청난 무공은 환야가 감당하기엔 버거웠다.

은밀한 암습이라면 모를까 정면 승부론 승산이 없다.

하지만 환야 또한 지지 않겠다는 듯이 품 안으로 손을 넣어 자신의 병기를 손가락에 걸었다.

그런 둘을 멈추게 하는 건 사내의 한마디면 충분했다.

"그만."

살기를 뿜으며 도끼를 뽑아내던 달치조차도 다시금 웃으며 평온한 표정을 지어 보였다. 환야는 품에 넣었던 손을 꺼내고는 슬쩍 사내의 눈치를 살폈다.

다행히도 사내는 별말 없이 계속해서 앞만 보고 걸음을 옮겼다.

한참을 걷던 소로의 끝이 마침내 모습을 드러냈다.

그 소로는 성도로 들어서는 관도와 이어져 있었다. 끝을 확인한 순간 사내가 멈추어 섰다. 그가 멈추자 뒤편에서 따르던 둘도 덩달아 서서 선두에 선 그를 바라봤다.

사내가 입을 열었다.

"여기서부터는 나만 가지. 너희 둘은 따로 해야 할 일이 있다."

"해야 할 일이 뭡니까?"

"비파월(飛波月)이라는 집단을 찾아."

사내의 명에 환야가 알겠다는 듯이 고개를 끄덕일 때였다. 옆에 서 있던 달치가 신이 나서 말했다.

"죽인다. 찾아서 죽인다."

당장이라도 피를 볼 것 같이 방방 뛰는 달치를 바라보던 사내가 짧게 침묵하다가 목소리에 힘을 주어 말했다.

"……죽이진 말고 접선할 방법을 알아 와."

"죽이면 안 돼?"

"절대로."

"알겠다. 나 주인이 시키는 대로 한다."

달치가 곧바로 크게 고개를 끄덕였다.

그런 그의 모습에 익숙하다는 듯 사내도, 환야도 별다른 걱정은 하지 않았다. 사내가 손가락을 입에 가져다 대며 이야기를 이어 나갔다.

"혹시나 급히 연락할 일이 있다면 이 녀석을 통해서."

말을 끝내기 무섭게 그가 손을 입에 가져다 댄 채로 강하게 소리를 냈다.

삐이익!

사내의 입에서 커다란 휘파람 소리가 울려 퍼지는 순간이었다. 하늘 위에서 새카만 무엇인가가 무서운 속도로 떨어져 내렸다.

그리고 정체불명의 뭔가가 지척에 도달하는 순간 주변으로 먼지바람이 일었다.

펄럭!

당당한 위용을 뽐내며 날아든 것은 한 마리의 매였다.

새카맣게 펼쳐진 날개는 윤기가 흘렀고, 길게 뻗은 부리와 발톱은 뭐든지 찢어발길 정도로 날카롭다. 사내의 어깨에 내려선 검은 매가 자신의 위세를 한껏 뽐냈다.

자신의 어깨에 있는 매를 바라보며 사내가 말했다.

"흑풍(黑風). 네가 저 둘을 좀 도와줘야겠다."

흡사 인간에게 하는 것처럼 흑풍이라는 매를 향해 말을

걸었을 때다. 놀랍게도 흑풍은 알겠다는 듯 가볍게 입으로 소리를 토해 냈다.

"끼이익."

사납고 도도해 보이는 흑풍이 사내의 볼에 자신의 얼굴을 비빈다.

말을 알아들은 것 같다는 생각은 착각이 아니었다. 이 흑풍이라는 매는 실제로 사내의 말을 이해했으니까.

흑풍은 영물이다.

주인을 알아보는 건 물론이거니와 인간의 말까지 이해한다.

더군다나 시각과 청각, 후각 모두 극도로 발달되어 엄청 멀리 떨어져 있는 경우만 아니면 스스로 주인인 사내가 있는 곳을 찾아가는 능력까지 지녔다.

사내는 이내 품에서 한 개의 뿔피리를 꺼내 환야에게 내밀었다. 뿔피리의 정체를 알았기에 환야는 아무런 말도 없이 그것을 품 안에 집어넣었다.

저 도도한 흑풍을 휘파람 소리로 부를 수 있는 건 사내뿐이다. 나머지가 흑풍을 부르기 위해서는 이 뿔피리는 필수였다.

그리고 이 피리에서 나는 소리는 인간의 귀로는 감지할 수 없는 종류의 것이기도 했다. 오로지 동물만이 감지하고,

그 소리에 흑풍은 반응한다.

사내가 날개 부분을 가볍게 두드리자 알겠다는 듯 흑풍은 하늘로 날아올랐다.

하늘로 솟구친 흑풍을 바라보며 달치가 아쉽다는 듯 말했다.

"나도 뿔피리 갖고 싶다. 달치도 뿔피리 가지고 흑풍과 놀고 싶다."

"넌 안 돼."

일전에 잠시 뿔피리를 맡겨 놨다가 사달을 벌인 적이 있기에 사내는 절대 안 된다는 듯 선을 그었다. 계속해서 뿔피리를 불어 대는 통에 흑풍도 잔뜩 성이 나 버렸던 사건이다.

사내의 한마디에 달치는 큰 어깨를 축 늘어트렸다. 다소 불만스러운 모습이었지만 사내의 말은 그에겐 하늘과도 같았다.

준비가 끝났고 가야 할 때가 됐다.

사내가 입을 열었다.

"그럼 시작하지."

말을 마친 사내는 소로를 넘어서 관도로 한 걸음 내디뎠다. 그리고 그런 그의 뒤편에 있던 환야와 달치의 모습이 거짓말처럼 사라졌다.

관도를 따라 따뜻한 햇살이 쏟아져 내린다.

그리고 그런 길 위에 수하들과 헤어진 한 사내가 천천히 걷고 있었다.

하늘 위를 맴도는 검은 매, 흑풍이 아직까지도 그의 위를 자유롭게 날고 있다. 아직 수하들이 근방에 있다는 소리다. 하지만 이내 흑풍은 인사라도 하려는 듯 긴 울음소리와 함께 멀어져 갔다.

"끼이이익!"

걷는 와중에 잠시 하늘을 올려다보던 사내가 이내 시선을 돌려 앞을 바라봤다. 그리 멀지 않은 곳에 커다란 마을이 모습을 드러냈다.

성도다.

목적지를 눈앞에 두자 무표정한 사내의 얼굴에서 더욱 짙은 한기가 풍겨져 나갔다.

사내의 이름은 혁련휘(赫連輝). 훗날 세상 사람들에게 마왕(魔王)이라 불릴 그가 무림이라는 세상으로 걸어 나오고 있었다.

# 1장. 환영학관(幻影學館)

― 입관하러 왔습니다

몇 년간 계속된 정사대전.

셀 수도 없이 많은 무인들이 죽어 나갔던 그 잔인한 전쟁이 결국 종지부를 찍게 됐다. 그리고 그 싸움의 승자는 다름 아닌 마교를 필두로 한 사대천가들과 삼대방파였다.

절대지존인 마교 교주 혁무조(赫戊朝)는 긴 싸움을 종식시키고, 무림은 바야흐로 마도천하의 시대가 도래했다.

그로부터 무려 이십 년.

이십 년이라는 긴 시간이 지났다.

정파의 근간이 되었던 대부분의 문파는 명맥만 유지한 채로 살아가거나 음지에 몸을 감추고 기회를 엿봤고, 사파는 점점 자신들의 영역을 넓히기 위해 서로 눈치를 살폈다.

공동의 적이었던 정파가 무너지고 오랜 시간이 흐르자 그들은 서로를 견제하기 시작했고 서로 다른 생각을 갖기 시작한 것이다.

당장엔 큰 충돌이 있는 건 아니었으나 어느 정도 무림에 몸을 담고 있는 자들이라면 직감할 수 있었다.

다시금 위험한 바람이 불기 시작했다는 것을.

무림은 항상 이야깃거리가 많다.

절대고수의 이야기, 뛰어난 미모의 여인들. 그들의 일거수일투족은 항상 모두의 관심사였다. 그리고 최근 무림인과 일반인들 양측의 입에 가장 많이 오르내리는 것은 다름 아닌 환영학관일 게다.

환영학관(幻影學館).

정사대전이 끝나고 이 년이 지난 후 만들어진 학관으로, 그 학관을 만든 것은 다름 아닌 마교였다. 애초에 환영학관이라는 것을 만든 이유 자체가 정파의 무인들을 흡수하기 위함이다.

그랬기에 무림에 이름을 알리고 싶은 사파의 젊은 고수들이나, 이제는 힘을 잃은 정파의 젊은 무인들은 환영학관에 들어가기를 꿈꾼다.

그들이 이름을 날릴 수 있는 가장 좋은 방법이 환영학관이었으니까.

환영학관은 삼 년에 한 번씩 인원을 받는데 이곳에서 갖은 임무를 수행하며 실력을 인정받으면 쉽사리 들어가기 힘든 마교로 들어갈 수 있는 기회를 얻게 된다.

가장 처음 인원을 받아들일 때만 해도 정파의 무인은 코빼기도 보이지 않았다. 패했다곤 하지만 마교의 무인이 된다는 건 그들의 자존심이 용납지 않았으니까.

하지만 무려 십팔 년이라는 시간이 지나고 여섯 번째 인원을 받아들이는 때가 되면서 사정은 많이 변했다. 회를 거듭하면서 많아지기 시작한 정파 무인의 숫자는 어느덧 전체 인원의 오분지 일가량이 될 정도로 많아졌다.

아직 마교나 사파의 무인들에 비해서는 그 숫자가 턱없긴 했지만 그래도 어느 정도 정파의 무인들 또한 이곳 환영학관에 입관하기 시작한 것이다.

물론 아직 남아 있는 정파의 노고수들은 지금의 상황을 보며 혀를 찼다.

환영학관이라는 것 자체가 정파의 무인들을 위한 것처럼 보일 수 있지만, 그 설립 목적은 그들에게서 정파라는 인식을 빼앗기 위해서라 생각한 탓이다.

그리고 그건 완전히 틀린 생각은 아니었다.

환영학관이라는 걸 이용해 그들은 점점 정파를 흡수하고

있었으니까.

환영학관이 자리하고 있는 사천성의 중심인 성도(成都).

원래부터 사람이 많은 마을이지만 최근 들어 더 많은 숫자의 인원들이 붐볐다. 객잔 또한 셀 수 없을 정도로 많음에도 불구하고 방은 꽉꽉 찼고, 덕분에 이곳에서 장사를 하는 이들의 입은 귀에 걸릴 정도였다.

이 모든 것이 환영학관에 입관하려는 무인들이 몰린 덕분이다.

성도의 대로에는 수많은 인파가 득실거렸다.

그런 수많은 사람 중에서도 유독 눈에 띄는 한 여인이 있었다.

세상엔 그런 부류의 사람이 있다.

동전 두 냥짜리 무명옷을 입어도 그 누구보다 빛나 보이는 부류. 이 여인이 딱 그러했다.

값비싼 비단을 걸친 수많은 여인들이, 그리고 뭇 사내들조차 그녀에게 향하는 시선을 뗄 수가 없었다. 평범해 보이는 경장 차림을 하고 있음에도 불구하고 여인은 이 수많은 성도의 사람들 중에서 가장 눈에 띄는 존재였다.

여인은 그만큼 아름다웠다.

새하얀 피부와 사슴 같은 커다란 눈망울. 그리고 오똑한 콧날과 도톰한 입술은 가히 감탄이 흘러나올 정도였다. 그리고 그런 아름다운 외모와 뒤섞인 환한 표정까지.

천하절색이라는 말이 마치 이 여인을 위해 존재하는 것만 같다.

여인의 이름은 비설(飛雪).

그녀는 처음 와 본 성도의 발달된 모습에 연신 감탄을 토해 내고 있었다.

"우와."

성도 한 곳에 지어져 있는 높은 전각을 올려다보며 감탄성을 뱉어 내는 비설을 지나쳐 가는 많은 이들이 힐끔거렸다.

사람들의 시선에도 불구하고 비설은 여전히 웃음 가득한 얼굴로 주변을 두리번거렸다.

오랫동안 산에서만 살아왔던 그녀다.

사람들이 많이 사는 세상으로 내려온 지 보름이 조금 넘었고, 이제는 어느 정도 익숙해질 법도 하련만 성도의 웅장한 기세를 목전에 두자 절로 처음의 모습으로 돌아가 버렸다.

오랜 시간 성도의 내부를 돌아다니며 신나게 눈요기를 하던 비설의 눈에 이내 커다랗게 펼쳐진 공터가 들어왔다. 그리고 그 공토 건너편에 있는 커다란 담장까지.

정문의 입구에 걸린 현판을 눈으로 힐끔 바라본 비설의

얼굴에서 웃음기가 서서히 걷혔다. 그녀는 사뭇 진지해진 표정으로 그 현판에 적힌 글자를 입에 담았다.

"환영학관……."

멀리 떨어진 현판의 이름을 읽어 내려간 비설은 이내 다시금 입가에 미소를 머금었다. 현판을 향해 박혀 있던 시선을 천천히 돌리며 비설이 중얼거렸다.

"걱정 마세요, 사부님. 그 임무 반드시 완수하고 돌아갈 테니까요."

환영학관에 입관 신청을 할 수 있는 기간은 나흘 동안이고, 내일이 바로 그 마지막 날이었다.

아무래도 마지막 날이니 만큼 찾아오는 이들이 적지 않을 것이다. 그리고 그건 비설도 마찬가지였다.

그녀 또한 이곳 환영학관에 입관하기 위해 먼 길을 온 것이니까.

그 중얼거림을 끝으로 환영학관에서 뒤돌아선 비설은 길게 기지개를 켰다. 그리고 진지했던 말투를 바꾸며 밝은 목소리로 입을 열었다.

"에이, 고민은 나중에 하고 우선은 만두부터 먹어야겠다."

비설, 그녀의 발걸음은 무척이나 빨라졌다.

그 이유는 다름 아닌 성도의 명물이라 알려진 진품만두를 먹기 위해서다. 진품만두는 사천을 떠나 다른 지역에까지 널리 알려진 성도의 먹을거리다.

비설을 아는 극소수의 사람들. 그들은 그녀를 이렇게 불렀다.

만두 귀신.

만두라면 자다가도 벌떡 일어날 정도로 비설은 만두를 좋아했다. 그런 그녀가 온 중원에 알려진 진품만두를 목전에 두고 그냥 넘어갈 리 없었다.

이곳 환영학관이 있는 성도로 오는 내내 반드시 먹고야 말겠다는 일념으로 불탔던 비설이다.

처음 성도에 온 그녀였기에 지나가는 행인들에게 묻고 물어 이내 진품만두를 판다는 노점이 있는 길을 꺾어 들어갈 때였다.

"앗."

길을 꺾자마자 비설은 앞에 있는 뭔가 커다란 것에 머리를 가볍게 콩 하고 부닥쳤다. 아프진 않았지만 반사적으로 이마를 어루만지던 비설은 이내 자신과 부닥친 앞에 있는 그 뭔가를 바라봤다.

그것은 새카만 옷을 입고 있는 커다란 사내의 등이었다.

좁은 길을 돌기 전부터 사람이 있는 건 알았지만 이렇게 몸을 틀기 무섭게 부닥칠 정도일 거라고는 생각도 못 했다.

비설이 잠시 그 검은 옷을 입은 사내의 등을 바라보고 있을 때였다. 서 있던 사내가 천천히 고개를 돌렸고 둘의 시선이 마주쳤다.

비설 또한 여자치곤 작은 키가 아니었지만 사내는 그런 그녀보다 머리 하나 이상은 더 커 보였다.

큰 키, 그리고 눈빛이 마주치는 순간 비설은 놀란 듯 잠시 입을 살짝 연 채로 그를 올려다봤다. 얼굴에서 냉기가 풀풀 풍기는 사내는 쉽사리 눈을 떼기 힘들 정도였다.

그저 잘생겼다는 말로는 표현하기 부족할 정도로 그는 뛰어난 외모를 가지고 있었다. 다만 그 차가운 얼굴에서는 감정이라곤 전혀 느껴지지 않았다.

물론 그 무표정한 얼굴이 사내를 더욱 신비하게 느껴지게 만들었지만.

사내는 냉랭한 시선으로 자신과 부닥친 비설을 내려다봤다. 그의 눈동자는 신기했다. 칠흑 같은 어둠을 머금은 눈동자에서는 기묘한 빛이 어려 있다.

차가움이 물씬 풍겨짐에도 불구하고 너무나 아름다운 눈동자.

그런 사내의 모습에 잠시 넋을 놓고 있었던 비설은 이내 정신을 차리고는 황급히 입을 열었다.

"죄송해요. 제가 딴 데 정신이 팔려서……."

차가운 눈빛으로 비설을 바라보던 사내는 미안하다는 사과에 별반 대답 없이 다시금 몸을 돌려 앞을 바라봤다.

'뭐지? 화났나?'

사과를 했음에도 전혀 반응 없는 태도에 비설은 잠시 신경 쓰이긴 했지만 이내 코를 자극하는 만두 냄새에 금방 관심은 사그라졌다.

비설의 시선은 사내의 등 너머 저 멀리 있는 노점으로 향했다. 노점 바로 앞에서부터 시작된 줄은 꽤나 길게 이어져 있었다.

아마도 진품만두를 사기 위해 모여든 사람들인 모양이다.

줄은 점점 줄어들었고, 그녀는 발을 동동 구르며 자신의 차례가 오기를 기다렸다. 그리고 마침내 바로 앞에 있는 흑의의 사내가 만두를 구입하고 몸을 돌려 비설을 스쳐 지나갔다.

밝은 얼굴로 비설이 노점 주인의 앞에 섰을 때였다.

그녀가 손에 들린 동전을 내밀며 막 입을 열려는 찰나 노점 주인이 장사가 끝났다고 적힌 나무판을 앞에 세우며 말했다.

"오늘 장사 끝났습니다."

"에에? 그게 무슨 소리세요. 분명 몇 명 전까지 꽤나 많이 남아 있었는데요."

"바로 전에 오셨던 남자 분이 남은 걸 전부 사 가셔서 이제 남은 게 없군요."

"혹시 한두 개라도 안 남았나요?"

"하하, 남는 게 있었다면 당연히 드렸겠죠."

중년의 노점 주인이 너털웃음을 터트리며 말했다.

울상을 지어 보이는 비설의 모습은 사내의 마음을 홀리기 충분했고, 노점 주인 또한 남은 재료라도 있다면 만들어서라도 주고 싶을 정도였다.

하지만 진품만두는 일정 수량만을 아침에 준비해서 정확하게 맞추어 파는 성도의 명물이다. 지금 재료를 구해서 만들어 주는 건 어려웠다.

노점 주인이 아쉽다는 듯 말을 이었다.

"내일 오후쯤에 오시면 준비해 드리죠."

"그게 내일부터는 바빠져서 한동안 오기 힘들지도 몰라서요."

"흠. 그러시다면 방금 사 간 손님에게 가셔서 양해를 구하시는 게 어떨까요? 꽤나 많이 사 가셨으니 소저 같은 분이 말만 잘하면 조금 정도는……."

이 정도 여인에게 혹하지 않을 사내가 없을 거라는 생각에 노점 주인이 반 농담 삼아 말을 내뱉었을 때였다. 비설이 눈을 빛내며 고맙다는 듯 말했다.

"수고하세요!"

목소리를 높인 그녀는 곧바로 몸을 돌려 바로 앞에 있던 흑의의 사내가 갔던 길을 뒤쫓았다. 그리 오랜 시간이 지난 일이 아니었기에 그를 찾는 건 어렵지 않았다.

길을 꺾기가 무섭게 그의 모습이 보였다.

큰 키에 훤칠한 외모를 한 그를 단번에 찾은 비설이 뒤로 다가갔다.

"저기요!"

비설의 부름에도 불구하고 사내는 그냥 앞으로 걸었다. 그랬기에 비설은 조금 더 빠르게 발을 움직여 그의 앞을 막아섰다.

흑의가 잘 어울리는 사내는 갑작스럽게 길을 막아선 비설의 행동에 미간을 살짝 찡그렸다. 사람들의 시선이 자신에게 쏠린 게 느껴진 탓이다.

사람이 많은 대로에서 큰 목소리로 소리치며 다가온 여인. 거기다 그런 그녀는 무척이나 아름다운 외모를 지녔다. 주변을 지나다니는 이들이 힐끔거리는 건 당연한 일이었다.

사내의 냉랭한 표정에서 한층 더 한기가 느껴진다는 걸

느꼈는지 비설이 우선 사과했다.

"이번에도 죄송한데 하나 부탁을 좀 드릴 게 있어서요."

말을 마친 비설이 사내의 손에 들린 커다란 통을 힐끔거렸다. 그 통 안에서는 그녀의 군침이 돌게 하는 맛있는 냄새가 슬금슬금 흘러나왔다.

비설이 흑의의 사내를 올려다보다 조심스레 말했다.

"저 혹시 괜찮으시면 그 만두 몇 개만 저한테 파실 수 없을까요? 돈도 제가 부담할게요. 사실 제가 엄청 먼 데에서 왔거든요. 예전부터 성도에서 파는 이 진품만두를 먹고 싶었는데 하필이면 그쪽이 남은 걸 다 사 가는 바람에……."

비설이 횡설수설 설명할 때였다.

열리지 않을 것 같았던 사내의 입이 처음으로 열렸다.

"나도 먼 데서 왔다."

자신의 말만 하고는 사내는 귀찮다는 듯이 비설을 지나쳐 걸어갔다. 지나쳐 가는 사내에게 다시금 다가선 비설이 빠르게 말을 받았다.

"아, 그러시구나. 그렇다면 제가 왜 이런 부탁을 드리는지……."

"귀찮게 하지 말고 좀 가지? 만두 그쪽한테 팔 생각 없으니까."

사내는 바로 옆에 붙어 쫓아오는 비설에게 눈길조차 주

지 않으며 말했다. 하지만 비설 또한 쉽사리 포기하기 힘들었는지 다시금 물었다.

"꽤 많이 사셨는데 혹시나 배가 덜 차실까 봐 그러신 거면 제가 객잔에서 근사한 식사라도 대접할게요."

"난 모르는 사람하고 밥 안 먹어."

"정말 안 될까요? 두 개만요. 아니, 정 그러시면 한 개만이라도요."

옆에 딱 붙어 따라오며 말해 대는 비설의 행동에 사내가 발을 멈췄다. 그러고는,

"분명 말했을 텐데. 팔 생각도 없고 그쪽하고 밥을 같이 먹을 생각도……."

비설이 있는 쪽을 바라보며 말을 내뱉던 사내의 목소리가 점점 작아졌다. 비설의 뒤편에 있는 건물의 문이 열리며 걸어 나온 이들 때문이다.

중년의 사내와 젊은 남자, 그리고 새하얀 백발을 한 노인까지.

노인의 모습이 눈에 들어오는 순간 사내는 재빠르게 몸을 돌려 반대편에 있는 건물 안으로 성큼 걸어 들어갔다.

모습을 감추기 위해 빠르게 움직여서 들어온 건물.

건물 안에 들어서기 무섭게 눈에 들어온 것은 수많은 탁자와 그곳에 자리하고 있는 무인들이었다. 사내가 급히 들

어온 곳이 바로 객잔이었던 것이다.

잠시 입구에 선 채로 객잔 내부를 바라보고 있을 때였다. 그런 그를 빠르게 쫓아 들어온 비설이 웃는 얼굴로 그의 어깨를 툭 치며 말했다.

"이렇게 앞장서서 올 거면서 뭘 빼고 그래요. 어쨌든 여기서 먹는 음식 제가 지불하는 걸로 하고 계약 성립이죠?"

웃으며 말하는 비설의 행동보다 더 신경 쓰이는 것은 객잔 내부에서 자신에게 쏠리는 시선이었다. 아름다운 비설의 등장에 객잔 내부가 술렁거렸다.

시선을 끌어선 안 될 상황의 사내는 골치가 아팠는지 표정을 구기며 구석에 있는 자리로 가서 앉았다.

구석진 자리이긴 했지만 창문을 통해 바깥을 확인하기 좋은 위치였다. 그는 자리에 앉기 무섭게 창을 통해 바깥에 서서 대화를 나누고 있는 노인의 모습을 확인했다.

사내가 낮게 가라앉은 눈빛으로 노인을 응시했다.

그의 눈동자가 한없이 차가워졌다.

'살아 있었군, 독심호리.'

사내가 그렇게밖에 있는 노인의 일거수일투족에 관심을 기울이고 있을 때였다. 때마침 다가온 점소이가 비설을 힐끔거리며 물었다.

"뭘 가져다 드릴까요?"

"아, 잠시만요. 저기, 이봐요. 뭐 먹을래요?"

"……귀찮게 하지 말고 알아서 해."

사내는 시선조차 돌리지 않고 짧게 말했다. 그런 그를 바라보던 비설은 가볍게 고개를 젓더니 이내 점소이를 향해 이것저것을 시키기 시작했다.

고기 음식과, 혹시 모르니 새우와 야채로 만들어진 음식까지. 둘이 먹기 힘들 정도로 많은 음식을 시키고 나서 비설은 알아 달라는 듯이 말했다.

"뭘 좋아하는 줄 몰라서 종류별로 다 주문했어요. 이 정도면 진품만두 가격보다 몇 배는 족히 될걸요? 아, 뭐 꼭 알아 달라는 건 아니고요. 이 정도면 만두 서너 개 정도는 괜찮죠?"

아까만 해도 한두 개만이라도 달라고 졸랐던 비설은 은근슬쩍 개수를 늘리며 물었다. 허나 사내는 묵묵부답이었다.

그럼에도 불구하고 비설은 그런 그에게 재차 말을 걸었다.

"사실 제가 막무가내로 이렇게 부탁하고 그런 사람이 아닌데 오늘이 아니면 한동안 먹을 기회가 없을 것 같아서 실례가 되는 부탁을 좀 했거든요. 어찌 됐든 이렇게 제 청을 들어 주셔서 너무 고마워요."

계속해서 말을 했지만 그런 비설의 말을 사내는 귓등으로 흘려듣는 듯 쳐다보지도 않고 있었다. 그저 방금 전 점소이가 두고 간 찻잔만 홀짝이며 뭔가를 생각하는 듯했다.

그런 그의 모습에 비설이 손으로 탁자를 툭툭 두드리며 물었다.

"저기요? 내 말 듣고 있어요?"

"……."

"흐음. 근데 처음 봤을 때부터 그렇게 생각하긴 했는데 눈동자가 참 예쁘네요."

비설의 그 한마디에 앞에 놓인 찻물을 한 모금 머금던 사내가 처음으로 반응을 보였다. 마시던 찻물을 잘못 삼켰는지 살짝 표정을 찡그린 그가 비설을 노려봤다.

"어? 지금 저 보는 거죠?"

웃으며 말하는 비설을 바라보던 사내가 굳게 닫고 있던 입을 열고야 말았다.

"이해가 안 가는군."

"뭐가요?"

"이 만두 하나 때문에 사람을 귀찮게 하는 게."

"그냥 만두면 귀찮게도 안 하죠."

"만두면 만두지, 그냥이고 아니고가 있나?"

"하아, 이 사람 뭘 모르는 소리를 하시네."

어처구니없다는 듯 고개를 절레절레 젓는 비설을 사내가 가만히 바라보며 말을 기다렸다. 비설이 말을 이었다.

"진품만두라고요! 성도를 떠나서 사천, 그리고 온 중원에 맛있기로 소문이 자자한 진품만두! 그런데 어떻게 그냥 만두겠어요. 제가 이 만두를 먹는 게 평생소원이었거든요."

"……이렇게 웃긴 소원은 살다 살다 처음이군."

만두를 먹는 게 소원이라는 비설의 말에 사내는 기가 차다는 듯한 표정을 지어 보였다.

이해가 안 간다는 듯한 사내의 반응에 비설은 환하게 웃으며 말했다.

"사실 제 별명이 만두 귀신이거든요."

"만두 귀신?"

"자다가도 만두라고만 하면 벌떡 일어나서 사부님이 지어 주신 별명이에요."

"소원만큼이나 어이없는 별명이군."

"뭐 그쪽도 줄까지 서서 진품만두를 사 놓고 제 별명보고 뭐라 할 처지는 아닌 것 같은데요. 만두 좋아하죠?"

"별로."

"그런데 그렇게 기다리면서까지 진품만두를 샀다고요?"

"추억이…… 있으니까."

"추억이요?"

비설의 질문에 사내는 다시금 입을 닫았다. 그리고 그녀
또한 더는 그것에 대해 묻지 않았다. 굳이 말을 하지 않아
도 한층 낮게 가라앉은 사내의 눈빛에서 뭔가 사연이 있음
을 감지한 것이다.

여태 계속해서 말을 걸던 비설이 입을 닫자 둘 사이에는
침묵이 감돌았다.

사내는 앉은 채로 창가를 슬쩍슬쩍 확인하며 차만 마셔
댔다. 그리고 그런 그를 비설은 가만히 턱을 괸 채로 바라
봤다.

아까 내뱉었던 말은 빈말이 아니었다.

'예쁘네.'

가만히 눈을 바라보고 있자니 빨려 들어가는 기분이다.
묘한 슬픔이 가득 담겨 있는 눈동자는 이상할 정도로 마음
을 뒤흔든다.

그렇게 사내를 바라보던 비설의 눈에 뭔가가 들어왔다.

그것은 사내의 어깨 부분에 붙어 있는 자그마한 녹색 나
뭇잎이었다.

비설은 자신도 모르게 자리에서 일어나 손을 뻗었다.

샤르륵.

옷자락이 사내의 얼굴 옆을 지나쳐 그의 어깨로 향했다.

옷자락이 스쳐 지나가며 사내의 코로 비설의 향기가 스며들었다. 그 냄새는 쉽사리 맡을 수 없는 독특한 향이었다.

은은하면서도 달달한 향기.

갑작스러운 비설의 행동에 사내가 고개를 돌려 그녀를 바라봤다.

비설의 손이 어깨에 닿은 채로 둘의 시선이 마주쳤다. 그리고 일순 시간이 멈춘 듯 둘은 서로를 바라봤다.

잠시 서로를 바라보던 중 비설은 어색한 웃음과 함께 나뭇잎을 쥐고는 말했다.

"어깨에 이게 붙어 있어서요."

"……괜한 참견이로군."

손에 들린 녹색나뭇잎을 빼앗은 사내는 아무 말 없이 시선을 돌렸다. 아무렇지 않게 굴었지만 사내는 적잖게 놀랐다.

'긴장을 풀고 있었다곤 하지만 이렇게 가까이 다가올 때까지 방비하지 못했다니…….'

아주 자그마한 행동이었다.

하지만 그 안에서 느낄 수 있었다.

이 여자…… 엄청난 고수다.

내심 비설의 실력에 사내가 관심이 가고 있을 때였다. 시켰던 음식들을 가지고 점소이가 빠르게 다가왔다. 그가 상 위에 가득 음식을 올리고 있을 때였다.

창문으로 모습을 보이고 있던 노인과 그와 같이 있던 이들 또한 움직이기 시작했다.

그러고는 이내 그들의 모습이 시야에서 사라졌다.

그러자 사내는 곧바로 자리에서 벌떡 일어났다.

상 위를 가득 채운 음식을 바라보고 있던 비설이 놀란 얼굴로 자리에서 일어난 그를 향해 물었다.

"어? 음식 나왔는데 갑자기 왜 일어나요?"

"용무가 끝났거든. 그래서 그만 가려고."

"잠시만요. 그럼 이 많은 음식은 어쩌라고 그냥 간다는 거예요."

"그거야 내 알 바 아니지. 그쪽이 시킨 거 아닌가?"

"아, 그럼 가시기 전에 이쪽 접시에 진품만두 주시고 가시면……."

"이거?"

사내가 옆 의자에 올려 두었던 만두가 담긴 통을 들어 올리며 묻자 비설이 크게 고개를 끄덕였다. 만두가 담긴 통을 보는 비설의 눈동자가 빛났다.

하지만…….

"내가 언제 주겠다고 한마디라도 한 적 있던가?"

"어어? 제가 객잔에서 한 끼 식사 대접하고 진품만두를 조금 주겠다고 약속한 거 아니에요?"

"그건 그쪽 생각이지. 난 주겠다 한 기억이 없는데 말이야."

"그, 그래도 이렇게까지 음식을 시켰는데요? 혹시 서너 개가 너무 많은 것 같으면 한 개라도……."

비설의 애처로운 목소리에도 불구하고 사내는 일말의 머뭇거림 없이 만두 통을 들고는 휙 하니 몸을 돌려 객잔 바깥으로 걸어 나가 버렸다.

붙잡을 틈도 없이 벌어진 일.

멀어져 가는 만두 냄새가 코끝을 자극했다. 비설은 멍하니 사내가 사라져 버린 문 쪽을 바라봤다.

"헐…… 당했다."

사내와 함께 사라져 버린 진품만두 때문에 괴로워하던 비설의 시선은 이내 자신 앞에 수북이 쌓인 음식으로 향했다. 혼자서는 절대 다 못 먹을 엄청난 양의 음식을 보며 그녀는 울상을 지어 보였다.


안에서 비설이 쌓여 있는 음식을 보며 괴로워하고 있을 때 바깥으로 걸어 나온 혁련휘는 빠른 걸음으로 대로를 벗어나고 있었다. 한참을 걷던 그가 자신의 손을 내려다봤다.

그 손에는 방금 전 비설이 어깨에서 떼어 준 녹색 나뭇잎이 들려 있었다.

혁련휘가 중얼거렸다.

"어처구니없는 여자로군."

만두 귀신이라 했던가. 만두 하나 때문에 그렇게 집요하게 굴 수 있는 사람이 있을 거라 생각지도 못했다.

아직까지 코끝을 감도는 묘한 그 여인의 향기.

왠지 모르게 사람의 마음을 편안하게 해 주는 그 향이 아직까지도 코끝을 맴돈다.

하지만 혁련휘는 이내 무표정한 눈동자로 시선을 돌렸다. 손에 들려 있던 나뭇잎은 가루가 되어 바람을 타고 사방으로 흩날렸다.

자신의 지척까지 아무렇지 않게 다가올 정도의 무공. 그리고 다소 특이한 성격까지. 하지만 여기까지다. 다신 그 여자와 마주칠 일은 없을 거라 그는 그렇게 생각했다.

걸음을 옮겨 어딘가로 향하던 혁련휘의 발걸음이 멈춘 곳. 커다란 건물들이 보였다.

환영학관, 그곳이 바로 눈앞에 모습을 드러냈다.

환영학관을 바라보던 혁련휘가 나지막이 입을 열었다.

"썩은 냄새가…… 진동을 하는군."

                    *        *        *

　　창문 틈으로 햇살이 밀려들고 있는 아침.

　　객잔 방 안에 한 여인이 자리하고 있었다. 하얀색 경장
차림의 아름다운 여인의 정체는 다름 아닌 어제 진품만두
를 먹지 못해 밤새 뒤척여 대던 비설이었다.

　　그녀는 거울 앞에 앉은 채로 비장한 표정을 짓고 있었다.
그런 비설의 옆에 있는 침상에는 그녀가 입을 옷이 준비되
어 있었다.

　　헌데 준비되어 있는 옷이 뭔가 이상했다.

　　청색 계열의 단정한 옷, 하지만 그 옷은 여인의 것이 아
니라 사내가 입을 법한 복식이었다. 그 순간 자리에 앉아
있던 비설이 자리에서 일어나 겉옷을 벗어 던졌다.

　　아름다운 나신이 드러나는 순간 그녀의 손이 거울 앞에
있는 붕대로 향했다. 그러고는 이내 그 붕대를 풀어 자신의
봉긋한 가슴을 꽉 동여맸다.

　　그뿐이 아니다.

　　비설은 곧바로 끈 하나를 들고 머리를 뒤로 묶었다. 그리
고 아름다운 이마를 가리기 위해 앞머리도 적당히 끌어내
렸다.

　　붕대로 가슴을 조이고, 머리까지 묶은 그녀는 곧바로 옆

에 있던 옷을 꼼꼼히 입기 시작했다. 그리고 모든 준비가 끝나는 그 순간 그곳에는 어제까지 보았던 비설이라는 여인은 존재하지 않았다.

그곳에는 미청년에 가까운 한 사내가 자리하고 있었다.

비설은 거울에 비친 자신의 모습을 보며 최대한 자연스레 웃어 보였다. 아직까지 입꼬리가 비틀린 게 어색해 보이긴 했지만…….

비설이 조심스레 입을 열었다.

"흠흠. 안녕하시오. 비설이라 합니다."

목소리 또한 어제와는 달리 사내처럼 꾸민 비설은 맘에 들었는지 고개를 끄덕였다. 그녀는 거울에 비친 자신의 모습을 보며 중얼거렸다.

"목소리는 완벽한데 말이야."

남장을 한 비설은 자신의 모습에 이상이 없는지 거울 앞에서 이곳저곳을 살펴봤다.

비록 남장을 하긴 했지만 비설의 미모는 감출 수 있는 게 아니었다. 여자치곤 큰 키 덕분에 그런 부분에선 문제가 되지 않았지만 역시 가장 문제가 되는 건 이 곱상한 외모다.

사내처럼 최대한 꾸몄다고는 하지만 얼굴에서 드러나는 미색은 감추기 어려웠다.

거울에 가까이 얼굴을 들이댄 비설이 자신의 눈을 바라

보며 말했다.

"눈을 조금 더 사납게 뜨는 게 나으려나."

몇 번이고 표정을 고쳐 보았지만 그런다고 해서 딱히 더 사내답게 보이진 않았다. 눈에 주었던 힘을 풀며 비설은 잠시 침상에 걸터앉았다.

그녀가 짧게 한숨을 내쉬었다.

'하아, 쉽지 않겠어.'

어제까지 여자로 살아왔지만 오늘부터는 다르다.

비설은 남자로 변장을 하고 환영학관에 들어가야만 했다. 그 이유는 그녀의 아름다운 외모 때문이었다.

아름다운 여인은 어디에서나 주목을 받기 마련이다.

비설이 만약 본연의 모습으로 입관한다면 아마도 그녀에 대한 소문은 순식간에 환영학관 내부로 퍼질 것이다. 허나 그건 비설이 원하는 바가 아니었다.

그녀에겐 해야 할 일이 있다.

그리고 그러기 위해서는 최대한 눈에 띄지 않고 조용히 묻혀 가야만 했다. 물론 지금의 외모 또한 뛰어나고 눈에 띄긴 했지만 아름다운 여인의 모습으로 활동하는 것보다야 훨씬 낫다.

있는 듯 없는 듯 생활을 하다 환영학관을 출관하고 마교로 가야 한다. 그 모든 걸 해내기엔 여인이라는 신분은 너무나 눈에 띄고 또 걸리는 것들이 있다.

그랬기에 비설과 그녀를 키운 여러 스승들은 고민 끝에 남장을 하자는 결론을 내렸다.

사실 비설의 실력 정도면 역용술은 일도 아니다.

더군다나 그녀가 펼친 역용술이라면 쉽사리 들키지도 않을 것이다. 다만…… 환영학관이라는 곳 자체가 누가 있을지 알 수 없는 곳.

혹여나 비설의 역용술을 간파할 정도의 인물이 있다면 모든 계획은 물 건너간다. 그랬기에 차라리 조금 더 번거롭더라도 역용술이 아닌 남장을 하는 것으로 신분을 감추기로 정한 것이다.

환영학관은 음지에 숨어 있는 정도 무인들마저 같은 편으로 포섭하기 위해 만들어진 학관이다. 그랬기에 적당한 선에서 신분을 위조하면 뒷조사는 이루어지지 않을 게다.

물론 훗날 마교로 들어가게 될 때는 다르겠지만, 그때는 비설의 뒤에 있는 이들이 움직일 예정이다.

거울 속에 보이는 낯선 자신의 모습에 다소 걱정이 들긴 했지만…….

"비설, 넌 잘할 수 있을 거야. 힘내자."

주문을 거는 듯한 한마디와 함께 비설은 거울 속에 비친 자신을 보며 환하게 웃어 보였다. 그리고 그녀는 자리에서 벌떡 일어났다.

비설은 그대로 자신이 기거하던 객잔 방문을 열고 힘찬 걸음으로 계단을 내려갔다. 입구에서 졸고 있던 점소이는 그녀의 발걸음 소리에 황급히 정신을 차리고는 가볍게 인사를 했다.

"또 오십쇼."

"수고하시오."

짧은 인사와 함께 사라지는 비설.

그리고 그런 비설의 뒷모습을 바라보던 점소이가 고개를 갸웃했다.

"어제 묵은 손님 중에 저런 사내가 있었던가?"


환영학관 앞은 인산인해(人山人海)를 이루고 있었다.

이른 아침인데도 불구하고 환영학관에 입관 신청서를 내기 위해 수많은 무인들이 모여든 모양이다. 무인들은 대부분이 젊은이들이었고, 개중에 일부 나이가 제법 있는 이들도 모습을 보이고 있었다.

많은 사람이 모인 만큼 시끌벅적한 환영학관의 입구.

안으로 들어가는 네 개의 입구에는 각자 뭔가를 적고 있는 이들이 자리했다. 그들은 탁자 위에 놓은 커다란 책에 입관을 희망하는 자들의 이름과 간략한 정보를 기재하고 있었다.

그들이 받는 정보는 극히 간단했다.

이름과 나이, 사용하는 무기. 사문과 사용하는 무공 정도였다. 그리고 정파, 사파, 마교 중 어디에 속한 신분인지만 밝히면 됐다. 워낙 간단한 절차를 통해 신청할 수 있었으니 많은 숫자의 사람들임에도 불구하고 처리는 빠르게 진행됐다.

책자에 자신에 대한 이야기를 마친 이들은 곧바로 문을 통해 환영학관 안으로 들어간다. 그리고 그 안에서 며칠 동안 심사를 거쳐 입관할 인원들이 정해진다.

비설은 뒤쪽에 선 채로 줄어들어 가는 줄을 바라봤다. 주변에 있는 이들 중 일부는 그런 그녀를 힐끔거렸다. 하지만 그 시선에서는 어제 느꼈던 그런 감정들이 느껴지진 않았다.

아름다운 여인을 보는 사내들의 눈빛이 아니다.

그저 곱상하게 생긴 비설이 신기하다는 감정들이 느껴졌다.

'변장이 제법 통했나 본데?'

사람들의 시선을 받으면서 오히려 비설은 자신감을 얻었다. 이곳 성도에 오기 훨씬 전부터 남장을 하는 걸 연습하고 어느 정도 여러 스승들에게 확인도 받았다. 모두가 괜찮다 했지만 내심 불안했다.

하지만 젊은이들의 눈에도 크게 이상해 보이지 않는 모양인 걸 확인하게 되니 한층 더 용기를 가질 수 있었다.

기분 좋은 얼굴로 주변을 휘익 둘러보던 비설의 표정이 갑자기 굳어졌다. 낯이 익은 한 사내의 얼굴이 눈에 들어온 탓이다.

'어? 저 사람은 분명 어제…….'

비설과 그리 멀지 않은 곳에 어제 진품만두와 관련해 실랑이를 벌였던 사내의 모습이 보였다. 그녀가 한눈에 그를 찾은 것은 우연이 아니었다.

수백이 넘는 사람.

하지만 그중에서 가장 눈에 띄는 사내가 바로 그였으니까. 훤칠한 외모에 냉기가 흐르는 눈동자. 그리고 그 모든 것을 아우르는 묘한 분위기.

어제 짧은 만남이 있었던 정체불명의 사내가 설마 환영학관에 입관하려는 자였을 거라고는 예상치 못했다. 비설이 그런 그를 바라보고 있을 때였다.

뚫어져라 자신을 바라보는 시선을 눈치채서였을까?

앞만 바라보던 사내가 비설을 향해 고개를 돌렸다.

일순 눈이 마주치자 비설은 놀란 듯 시선을 아래로 향했다. 그녀는 놀란 감정을 억지로 추슬렀다.

'설마 알아본 건 아니겠지?'

어제 진품만두와 관련해 그다지 좋은 감정이 있는 건 아니지만 지금 그녀의 관심사는 그게 아니었다.

운도 없게 왜 하필이면 자신의 본래 모습을 본 유일한 자가 이곳에 온단 말인가. 그녀는 괜히 딴청을 부리며 사내의 눈빛을 피했다.

그러자 잠시 비설이 있는 쪽을 바라보던 그도 시선을 돌렸다. 그리고 이내 그의 차례가 됐다.

문 앞으로 다가가자 신상명세서를 적고 있는 중년의 문사가 짧게 물었다.

"이름, 나이 그리고 사용하는 무기부터 말하시오."

"혁련휘, 스물여덟. 무기는 뭐 이것저것 쓰는 것 같소."

이것저것 쓴다는 말에 노인은 슬쩍 미간을 구기며 혁련휘라 자신을 소개한 그를 올려다봤다. 뭔가를 감추려 하는 것일까 아니면 진담인가?

하지만 이내 중년의 문사는 빠른 진행을 위해 말을 이어나갔다.

"사문이나 스승이 있소? 무공은?"

"추혼일검(追魂一劍)이 내 스승이오. 그분의 독문무공을 익혔소."

"추혼일검?"

어디서 들어본 적 있는 별호에 문사는 잠시 고민하다 이
내 한 명을 떠올렸다. 추혼일검이라 불리는 마교의 노고수
가.

추혼일검은 어느 정도 이름은 알려져 있는 그저 그런 고
수 중 하나였다. 마교 내 서열로 치자면 삼백 위가 넘어가
는 자다. 아예 이름이 없지도, 그렇다고 또 유명한 자도 아
니었기에 그 이름을 기억해 내는 데 잠시 시간이 걸린 것이
다.

"그렇다면 소속은……."

"마교."

"알겠소. 들어가시오."

모든 절차를 끝마친 사내가 안으로 걸어 들어가자 잠시
딴청을 부리던 비설이 그가 사라진 쪽으로 시선을 돌렸다.

'이름이 혁련휘구나.'

생각해 보니 자신도, 그도 서로 통성명조차 하지 않은 사
이라는 걸 기억해 냈다. 물론 이름까지 알려 줬었다면 지금
더 곤란했을 테니 그나마 다행이라고 해야 할까?

그러던 차에 비설의 차례가 돌아왔다.

입구에 있는 자가 익숙한 질문을 던졌다.

"이름과 나이. 무기는 뭐요. 그리고 사문이나 스승. 사용
하는 무공은?"

"이름은 비설이고요. 나이는 스물넷입니다. 무기는 쌍검이고요. 사문이라고 할 건 딱히 없고 그냥 오래전에 은거하신 벽사군(碧瀉郡)이라는 분이 제 스승이십니다."

이름과 나이, 무기는 사실대로 말했지만 벽사군이라는 자는 비설과는 전혀 연관 없는 인물이었다. 물론 이건 오늘을 위해 십수 년 전부터 준비된 신분이다.

벽사군이라는 이름이 너무나 생소했는지 신상명세서를 확인하는 이가 되물었다.

"무공은 뭐요?"

"음……."

비설은 머릿속에 수많은 무공이 스쳐 지나갔다.

그녀가 익힌 수백 가지의 무공. 하지만 하나같이 밝히기 뭐한 무공들인지라 잠시 망설이던 비설이 대충 만들어낸 이름을 내뱉었다.

"금린탈혼검(金鱗奪魂劍)입니다. 아, 그리고 전 정파 소속이고요."

그녀가 내뱉은 무공명과 소속을 적은 사내가 고개를 들지도 않은 채 물었다.

"그게 다요?"

"예?"

"더 확인해야 할 사안 있냐고 묻는 거요."

갑작스러운 질문에 비설은 자신도 모르게 입을 열었다.

"전 남잡니다."

"……누가 뭐라 했소?"

"아하하, 아니 그냥 그렇다고요. 생긴 게 이렇다 보니 오해하시는 분들이 좀 계셔서요."

비설이 어색하게 웃으며 손사래를 쳤다.

실없다는 듯이 쳐다보던 사내가 들어가라는 듯 고갯짓을 했다. 그런 그를 향해 고개를 끄덕여 보인 비설이 안으로 걸어 들어갔다.

비설은 짧게 한숨을 내쉬었다.

'어휴. 나도 모르게 헛소리를 내뱉었네.'

허나 그 덕분에 확실해진 게 있다.

자신의 남장이 전혀 어색하지 않다는 것을 다시금 확인할 수 있었다. 이토록 가까이서 빤히 바라보았음에도 불구하고 남자라는 사실에 의구심을 품지 않았다.

그만큼 자신의 모습이 그럴싸하다는 걸 의미했다.

비설의 발이 마침내 입구를 지나 환영학관 내부로 들어섰다.

앞을 바라보고 있던 비설의 눈동자가 흔들렸다.

한눈에 담기 힘들 정도로 크게 펼쳐진 수많은 전각과 건물들. 그리고 많은 나무와 조형물들이 가득한 이곳.

이곳이 바로 환영학관이다.

'드디어 왔어요, 사부님.'

갖가지 감정들이 밀려든다. 그리고 남다른 감회에 젖어 있는 그녀의 상념을 깬 건 앞쪽에 있는 일련의 무리의 선두에 있는 중년 무인이었다.

"어이, 거기서 멍하니 뭐하는 거야? 인원 확인하고 움직여야 하니 어서 이쪽으로 오도록."

비설을 부른 건 이곳 환영학관에 몸담고 있는 무인인 부의민이라는 자였다. 그는 마교 소속의 무인으로 오늘 이곳 환영학관에 들어서는 이들을 안내해 주는 임무를 맡은 자였다.

자신을 부르는 소리에 정신을 차린 비설이 황급히 움직이다가 멈칫했다.

그 이유는 그 서른 명 남짓 되어 보이는 인원 안에 그토록 피하고 싶었던 사내가 있었던 탓이다.

혁련휘라는 사내.

그가 그 무리 안에 있었다.

혁련휘의 얼굴을 보는 순간 비설은 놀라 고개를 숙인 채로 황급히 무리 속으로 들어갔다. 무리 속에 섞인 비설은 울상을 지어 보였다.

하필이면 왜 또 이 사내와 같이 움직이게 됐단 말인가.

가능하면 자신의 본모습을 본 이 혁련휘라는 자와는 피하고 싶었다.

비설은 혹시나 알아차리진 않았을까 하고 혁련휘를 곁눈질로 살폈다. 하지만 반대편에 있는 혁련휘는 특유의 무표정한 얼굴로 서 있을 뿐이었다.

그 모습을 확인한 비설은 스스로를 다독였다.

'괜한 걱정이야. 다른 사람들도 모두 못 알아봤잖아? 저 자가 나랑 오래 같이 지낸 것도 아니고 스치듯이 본 게 전부인데 어떻게 날 알아보겠어? 지금 이렇게 긴장하고 어색하게 구는 게 더 이상해 보일 거야. 침착하자.'

마음을 다잡자 그나마 비설의 마음이 한결 편해졌다. 이렇게 얽히고 있긴 하지만 이것도 한때다. 나흘 동안 들어온 많은 수의 무인들. 개중에 일부를 제하고는 비설과는 얽힐 일도 없다.

그 일부에 저 혁련휘라는 사내가 낄 이유가 없을 거라 비설은 그리 생각했다.

비설이 무리에 들어오자 이들을 안내하는 임무를 맡은 부의민이 다시금 입을 열었다.

"서른 명 채워졌으니 움직이지. 입관 심사가 끝날 때까지는 이렇게 한 조로 움직인다고 알고 있으면 된다."

부의민의 설명에 비설은 고개를 끄덕였다.

나흘 동안 들어온 이들을 모아 내일부터 심사를 시작한다고 알고 있다. 그렇다면 내일까지만 조심한다면 혁련휘와는 다시는 볼일도 없을지 모른다.

최대한 눈에 띄지 않게 이곳 생활을 하려 하는 비설에게 혁련휘라는 존재는 왠지 모를 불편한 존재였다.

부의민을 따라 서른 명에 달하는 입관 신청자들은 환영학관 내부를 걸었다. 개중에는 이곳의 지리가 익숙한 이들도 몇몇 있어 보였다.

어딘가로 이동하는 와중에 서른이 다 되어 보이는 사내 하나가 옆에 있는 지인에게 말했다.

"하아, 벌써 삼수째요. 이번에도 떨어지면 이젠 정말 기회가 없을 터인데 걱정이오."

"쓸데없는 걱정은. 그래도 이번엔 신청한 자들이 좀 만만해 보이니 꼭 붙을걸세."

대답을 하는 비슷한 연배의 사내가 비설을 힐끔거리며 말했다. 그런 그자의 시선을 느꼈는지 비설은 기가 차다는 듯이 헛웃음을 흘렸다.

워낙 여리하게 생겼고, 거기에 남장까지 했으니 겉모습으로 보기엔 한없이 만만해 보이는 모양이었다. 비설은 그런 둘을 바라보며 속으로 중얼거렸다.

'사람 보는 눈들이 영 없으신 게 이번에도 짐 싸고 돌아

들 가셔야겠네요.'

자신을 만만하게 보는 그 시선에도 비설은 별다른 동요
도 하지 않았다.

저런 이들의 시선에 일희일비할 정도로 수양이 얕지도
않았고, 상대방의 눈에 그리 뛰어나 보이지 않는다면 그것
은 오히려 그녀로서도 환영이었다.

조용히 지내야 하는 비설의 입장에서 눈에 띄는 건 사양
이었으니까.

다만 너무 만만하게 보여 반대로 눈에 띄는 것 또한 피해
야 할 일이었다.

앞으로 자신의 행동거지에 대해 고민하고 있을 때 목적
지에 도착한 부의민이 멈추어 섰다. 이들이 멈추어 선 곳
앞에는 커다란 나무판이 하나 세워져 있었다.

그곳에는 환영학관의 역사가 간략하게 적혀 있었다.

설립 취지부터 해서 그간 걸어온 길에 대해서 빼곡한 판.
부의민은 그 나무판에 적힌 것들을 기반으로 해서 환영학
관에 대해 어느 정도 이야기를 했다.

허나 그것에 대해 귀 기울이는 자는 없었다.

대부분이 이미 알려진 이야기들이었으니까.

약 이각 가까이 이어지던 긴 설명이 끝났다. 별 재미없는
이야기를 해 대던 부의민은 슬쩍 하늘을 올려다봤다. 해가

어느덧 중천으로 향하고 있었다.

"슬슬 점심들 먹으러 이동한다."

부의민에 말에 모두가 잘됐다는 듯이 자리에서 일어났다. 재미없는 이야기에 다들 몸이 찌뿌둥했는지 일어나자마자 각자 가볍게 몸을 풀었다. 그러고는 이내 부의민을 따라 환영학관 내부의 식당으로 향했다.

식당에는 먼저 온 이들로 북적거렸다.

부의민은 자신이 담당하는 이들을 데리고 자리로 이동했다. 마주 보는 구도로 된 커다란 탁자로 다가간 부의민이 말했다.

"앞에 각자 식사가 준비되어 있으니 알아서들 가서 배를 채우도록 해라. 식사를 마치고 오늘 너희들이 머무를 곳으로 안내해 주지."

"알겠습니다."

몇몇 이들이 부의민에 말에 대답했다. 그러고는 이내 제각각 자리로 가서 앉아 식사를 시작했다. 아침부터 식사를 못 했던 통에 허기가 졌던 비설 또한 한곳에 자리를 잡았다.

그녀는 앉자마자 젓가락을 들어 올렸다.

그리 많은 음식들이 준비되어 있진 않았지만 그래도 하나같이 맛이 괜찮았고, 또 입맛을 돋우는 것들이었다. 산에서 오랜 시간 살아온 비설에겐 모든 맛있는 음식들이 즐거움거리였다.

그렇게 이것저것 집어먹으며 배를 채우고 있던 비설의 맞은편에 누군가가 앉았다. 의자가 끌리는 소리와 함께 누군가가 앉자 손에 들고 있던 밥그릇에 얼굴을 파묻은 채로 고개를 들던 비설이 갑자기 사레에 들렸다.

"콜록! 콜록!"

당황한 그녀가 거칠게 기침을 토해 냈다.

켁켁거리던 비설이 황급히 호흡을 가다듬으며 입가를 손으로 닦아 냈다. 갑작스러운 비설의 행동에 모두의 시선이 그녀에게로 향했다.

'왜 하필이면 또 이 사람이야!'

비설이 이토록 기침을 토해 낸 이유는 다름 아닌 혁련휘 때문이었다. 그가 비설의 맞은편에 앉은 것이다. 그리고 그 모습을 보는 순간 당황한 탓에 음식을 잘못 삼켰다.

덕분에 그녀는 모두의 주목을 받아야만 했다.

물론 그건 혁련휘조차 마찬가지였다.

그의 시선조차도 자신에게 향해 있자 비설은 당황하여 황급히 주변을 향해 말했다.

"원래 잘 덤벙거려서요. 하하하."

말을 마친 비설은 재빠르게 밥그릇으로 얼굴을 감추고

게 눈 감추듯이 밥을 입 안에 털어 넣어 버렸다. 그러고는 이 자리에 있는 게 불편했는지 자리에서 벌떡 일어나 식당 바깥으로 걸어 나갔다.

비어 버린 자리.

그리고 그런 맞은편을 바라보는 혁련휘의 눈빛이 차갑게 빛났다.

식사 시간이 끝나고 바깥에서 다시 모인 인원들은 부의민의 안내에 따라 심사가 이어지는 동안 머무를 장소로 향했다.

서른 명의 인원을 모두 수용할 정도로 커다란 장소에는 간략한 짐을 보관할 서랍장과 침구만 준비되어 있을 뿐, 별다른 것이 구비되어 있지 않았다.

서른 명의 인원이 함께 있어야 하는 만큼 이곳은 연무장을 연상케 할 정도로 컸다. 모두가 얼추 자리를 잡자 부의민이 말했다.

"내일 입관 심사를 시작하기 전까진 자유롭게 보내도 좋다. 저녁 식사는 방금 먹었던 그곳으로 가면 준비되어져 있을 것이다. 단 자정 이후론 보고하지 않고 함부로 외출하는 건 자제하도록. 쓸데없이 돌아다니다 걸리면 벌점을 부여한다. 그리고 다른 이들과 싸움을 벌여도 마찬가지로 벌점을 받는다. 혹여 이런 것들을 어겨 벌점을 받게 되면 심사에서 불이익을 받게 된다. 이상."

말을 마친 부의민은 더는 관심 없다는 듯 바깥으로 걸어 나갔다.

서른 명이나 되는 인원이 모인 방 안에는 일순 적막함이 감돌았다. 그렇지만 이내 그들은 삼삼오오 모여 두런두런 이야기를 시작했다. 대부분이 내일 있을 심사에 관한 정보를 얻기 위해서였다.

그런 이들에 포함되지 않은 건 혁련휘와 비설.

이렇게 단둘뿐이었다.

혁련휘는 관심이 없다는 듯이 벽에 기댄 채로 뭔가를 생각하고 있는 듯했고, 비설은 더 이상 눈에 띄지 않기 위해 쥐 죽은 것처럼 자리했다.

비설이 작게 한숨을 내쉬었다.

남장이 완벽한 것은 나름 다행이지만 저 사내 때문에 하루 종일 기가 다 빨리는 기분이다.

'악연이야. 이 정도라면 악연이 분명해!'

어제는 만두, 그리고 오늘은 그 존재 자체만으로 비설을 쥐고 흔들고 있다.

자리에 가만히 앉아 있던 비설이 슬그머니 일어났다. 더는 혁련휘와 얽히다가는 존재감 없이 지내려던 자신의 계획에 시작부터 차질이 생길지 모른다는 생각이 들어서다.

하루다. 단 하루만 최대한 몸을 사린다면 앞으로 귀찮은 일은 벌어지지 않으리라.

자리에서 일어난 비설은 아무도 눈치채지 못할 정도로 조용한 발걸음으로 건물을 빠져나갔다.

혁련휘와 한자리에 있으면서 답답했던 비설은 건물 바깥으로 나오자 그제야 숨이 확 하고 트이는 것만 같았다.

'오늘은 하루가 왜 이리 길지.'

잠자리에 들기 전까지 시간은 많이 남았지만 환영학관 내부를 돌며 시간을 보낼 생각이었다. 그녀가 가볍게 발걸음을 옮기며 자신이 있던 건물을 끼고 옆에 난 길을 따라 움직였다.

건물 옆에는 조그마한 샛길이 있었는데 그 길은 사람들이 그리 다니지 않는 길목에 위치해 있었다. 이 조용해 보이는 장소가 마음에 들었는지 비설이 막 그쪽으로 한 걸음 들어섰을 때였다.

"어이."

뒤편에서 들려온 목소리에 고개를 돌리던 비설의 얼굴이 어색하게 돌변했다.

팔짱을 낀 혁련휘가 그곳에 자리하고 있었기 때문이다.

그가 말을 걸자 당황한 비설이 자기를 가리키며 되물었

다.

"설마 저 부르신……."

"나 알아?"

"그게 갑자기 무슨 말씀이신지…… 하하."

비설이 어색하게 웃을 때였다. 날카로워진 시선으로 노려보던 혁련휘가 차가운 목소리로 말했다.

"계속해서 힐끔거렸잖아."

"제, 제가요? 하하. 설마요."

전혀 모르는 일이라는 듯 비설은 시치미를 뗐다.

하지만 혁련휘는 확신이 있었다.

그가 거침없이 다가왔다.

빠르게 발을 놀리며 다가오던 혁련휘가 그녀의 치척에 다다랐다.

그러고는 비설의 어깨를 손으로 꽉 움켜잡았다. 힘에 밀린 비설은 그대로 벽까지 밀린 채 얼굴을 살짝 찡그렸다.

그리 힘을 준 것 같지 않음에도 불구하고 악력이 보통이 아니다.

비설이 이를 꽉 깨물었다. 그녀는 손으로 혁련휘의 팔뚝을 움켜잡았다. 그러고는 지지 않겠다는 듯 그를 노려보며 말했다.

"이거 놓으시죠?"

"그럼 먼저 말해. 왜 계속해서 날 힐끔거렸는지 말이야."

"생사람 잡지 마시죠! 제가 언제 당신을 힐끔거렸다는 겁니까!"

"환영학관의 입구에서, 그리고 들어온 직후에도. 이동하는 와중에도 연신 날 훔쳐봤고 식사를 하다가도 날 보고 당황했지. 틀린가?"

혁련휘의 말에 비설은 순간 할 말을 잃었다.

그의 말이 맞았으니까.

아주 짧게 바라봤던 그 모든 순간순간마저도 혁련휘는 완벽하게 알아차리고 있었다. 그의 말이 맞았지만 비설은 솔직하게 굴 순 없었다.

정체를 숨겨야만 하는 입장이었으니까.

비설은 더는 길게 이야기했다가는 좋지 않을 거라 판단했다. 그녀가 어깨를 움켜잡고 있는 손을 손등으로 거칠게 밀어냈다.

가벼운 한 수였지만 혁련휘는 그런 비설의 행동에 움찔했다. 대부분은 눈치챌 수 없는 행동이었지만 혁련휘에겐 아니었다.

사량발천근(四兩發千斤)이다.

천근의 힘을 막으려면 일반적으로 그에 비등하는 힘이 있어야 하는 건 당연하다. 하지만 그 힘의 근원을 알아차릴

수만 있다면 넉 냥의 기운만으로도 상대의 공격을 받아칠
수 있다.

무당파의 권법인 태극권의 기본 묘리 중 하나.

하지만 무당의 고수들조차 입으로만 이야기할 뿐 실전에
서 사용하기는 극히 힘든 것이 바로 이 사량발천근이다.

그만큼 응용하기 어렵고, 뛰어난 실력을 가져야만 제대
로 사용할 수 있기 때문이다. 그런 무공을 이토록 어린 자
가 손쉽게 사용하는 것을 보자 혁련휘의 표정이 돌변했다.

'벌써 나에게 감시자를 붙인 건가?'

하지만 그렇게 생각하기에도 이상했다.

감시자라고 하기에 이자는 뭔가 이것저것 어설펐으니까.

만약 그들이 자신을 감시하기 위해 사람을 붙인 거라면
그토록 빤히 쳐다봤다는 것 자체가 말이 되지 않는다.

그렇다면 대체 이자는 왜 그렇게 자신을 훔쳐본 것일까?

생각이 꼬리를 물 때 비설이 딱 부러지게 말했다.

"당신이 누군지 관심도 없습니다. 그저 이곳에 들어온
많은 이들을 바라보다 당신에게도 시선이 간 것 가지고 그
러나 본데, 이런 무례는 이번만 받아 주죠. 만약에 또 다시
금 아무런 증거도 없이 이렇게 군다면 저도 더는 안 참습니
다."

자신의 손을 어루만지며 상념에 잠겨 있는 혁련휘에게

빠르게 말을 내뱉은 비설은 그대로 그를 스쳐 지나갔다.

그 순간이었다.

혁련휘는 자신을 지나쳐 가는 그자에게서 익숙한 냄새를 맡아 버렸다. 그의 손가락이 꿈틀했다.

'이 냄새는…….'

달달한 향기를 맡는 순간 머릿속을 스치는 한 사람의 얼굴이 있었다. 바로 어제 만났던 이름조차 모르는 그 여인.

자리에서 떠나고도 한참은 남아 있던 그 은은한 향기를 어찌 잊을 수 있단 말인가.

혁련휘는 지나쳐 가는 비설을 향해 손을 뻗었다.

그의 손이 비설의 머리를 뒤로 묶고 있는 끈으로 향했다.

투욱.

비설의 머리를 묶고 있던 끈이 풀리며 그녀의 풍성한 머리카락이 일순 파도처럼 요동치며 떨어져 내렸다.

찰랑.

놀란 비설은 황급히 손으로 떨어져 내리는 머리카락을 움켜잡으려 했지만 이미 늦어 버렸다. 억지로 머리카락의 일부를 부둥켜 잡고 있긴 했지만…….

걸려 버렸다.

그것도 단 하루를 버티지 못하고.

'망했다…….'

울상을 짓고 있는 비설을 바라보던 혁련휘가 천천히 입을 열었다.

"왠지 낯이 익다 했더니…… 너였군, 만두 귀신."

# 2장. 탄로

— 형님으로 모실게요

확인 사살이라도 하듯 내뱉는 혁련휘의 말에 비설의 머리가 일순 복잡하게 뒤엉켰다. 그토록 오랫동안 준비한 일이거늘 어찌 이리 쉽게 정체를 들킨단 말인가.

　　환영학관에 들어오는 과정이 그리 어렵지 않다고는 하지만 이곳은 마교 산하의 직속 학관이다. 가짜 신분으로 들어온 것이 들통 난다면 쫓겨나는 건 당연한 수순이었다.

　　비설은 고민했다.

　　'확 어떻게 해 버려?'

　　허나 그런 생각도 잠시였다.

　　머리 끈을 풀어 버리는 그 손놀림은 비설조차도 알아차

리지 못할 정도로 빨랐다. 그랬기에 대처하지 못했고 이같이 정체가 들통 난 것이다.

쉬운 상대가 아니다.

그런 자를 지금 비밀스럽게, 그것도 이렇게 해가 쨍쨍한 대낮에 환영학관 내부에서 어떻게 하려는 것 자체가 우스운 생각이다.

더군다나 자신을 내려다보는 차가운 혁련휘의 시선을 마주하고 있자니 그런 생각은 게 눈 감추듯 사라져 버렸다.

하지만 그렇다고 해서 이대로 정체가 알려지게 가만히만 있을 수도 없는 노릇이다. 이러지도 저러지도 못한 채 머뭇거리는 비설을 앞에 둔 채로 혁련휘는 몸을 돌렸다.

그러자 머뭇거리던 비설이 황급히 그의 앞을 막아섰다.

자신을 막아서는 그녀의 행동에 혁련휘의 눈동자가 차갑게 빛났다.

"뭐지?"

"저기 한 번만 눈감아 주시면 안 될까요?"

"그래야 할 이유는?"

돌아오는 건 냉랭한 혁련휘의 대답이었다.

그가 되물었다. 그래야 할 이유가 있냐고. 결국 비설은 다시금 입에 꿀이라도 바른 것처럼 벙어리가 되어 버렸다.

혁련휘의 말대로 그에겐 그래야 할 이유가 없었으니까.

어제 만두 사건을 겪으며 알았지만 이 혁련휘라는 사내는 남의 사정에 따라 마음이 흔들리는 그런 부류가 아니다.

그리고 그런 비설의 예상대로 혁련휘는 가차 없었다.

"없나 보군."

더는 이야기할 필요가 없다 생각했는지 혁련휘는 자신을 막고 있는 비설의 옆을 지나쳐 갔다. 그렇게 등을 보인 채로 걸어 나가는 혁련휘의 모습을 본 비설의 마음은 더욱 다급해졌다.

비설이 에라 모르겠다는 심정으로 되는 대로 소리쳤다.

"혀, 형님으로 모실게요!"

터무니없는 외침.

하지만 놀랍게도 그 한마디가 걸음을 옮기던 혁련휘의 발걸음을 잡아 버렸다.

혁련휘가 고개를 돌려 다시금 비설을 바라봤다.

미간을 찡그린 혁련휘가 물었다.

"뭐라고?"

여태 무뚝뚝하기만 했던 혁련휘에게서 묘한 변화를 감지했는지 비설은 황급히 말을 이었다.

"학관에서 생활을 하시려면 이래저래 손이 많이 가실 텐데 제가 정말 아우가 되어 형님처럼 모실게요. 심부름도 할 거고 에, 또…… 혹시나 귀찮은 일이 생기면 제가 대신다 하겠습니다. 그냥 동생 하나 생겼다 생각하시고……."

비설은 자신이 뭐라 하는지도 모르고 횡설수설 말을 해 댔다. 하지만 그런 그녀를 바라보는 혁련휘의 눈에 흐릿하게 한 명의 모습이 스쳐 지나갔다.

일순 지금 눈앞에 있는 비설이라는 여인이 다른 사람과 겹쳐 보였다.

환하게 웃고 있는 한 사내의 얼굴이 눈앞에 어른거린다. 그리고 동시에 머리를 채우는 것은 오래전에 들었던 한마디.

"형님으로 모셔도 됩니까?"

그 한마디가 머리에 요동치며 덩달아 심장이 아파 온다.

세상에 다시없을 바보 같은 녀석.

자신의 신분에 어울리지 않게 순해 빠졌던, 착하디착해 늘 걱정만 들게 했던 하나뿐인 동생. 세상 모두가 버린 자신을 환하게 웃으며 반겨 줬던 유일한 한 사람.

자신의 정체를 알고 내뱉었던 그 말을 설마 이곳 환영학관에 와서 다시 들을지 몰랐다.

형님으로 모시겠다는 한마디에 잠시 마음의 평정을 잃었던 혁련휘는 이내 자신에게 부탁하고 있는 비설을 향해 매몰차게 말했다.

"너 같은 동생을 둔 기억은 없군. 나한테 동생은…… 하나뿐이거든."

"그렇게 딱딱하게 굴지 마시고요. 이왕 이렇게 된 거 그냥 편안한 동생 하나 생겼다 생각하시면 안 될까요?"

"사양하지. 귀찮은 일은 딱 질색이라."

"귀찮게 절대 안 하겠습니다! 입 안의 혀처럼 정말 최선을 다할게요!"

가려는 혁련휘와 그런 그를 어떻게든 회유하려는 비설의 옥신각신이 잠시 이어지고 있을 때였다. 둘이 걸어왔던 길목에서 누군가의 목소리가 터져 나왔다.

"어이, 이봐 거기서 뭣들 하는 거야?"

옆에서 들려온 목소리의 주인공은 다름 아닌 둘을 이곳으로 안내해 준 부의민이었다.

전달 사항이 있어 다시 돌아오던 차에 둘의 목소리를 들었고 뭔가 일이 벌어졌나 하고 다가오고 있는 것이다.

부의민의 목소리가 들려오자 비설은 더욱 당황했다.

지금 자신의 모습을 본다면 금방이라도 여인이라는 걸 알아차릴 것이다. 비설은 그나마 벽에 막혀 있어 아직 부의민의 시야에는 들어오지 않았지만 혁련휘는 달랐다.

혁련휘가 가만히 다가오는 부의민을 바라보다가 그쪽을

향해 다시금 몸을 돌릴 때였다.

비설의 손이 혁련휘의 옷소매 끝자락을 살포시 잡았다.

자신의 소맷자락을 털어 버리기 위해 혁련휘가 고개를 돌렸을 때다. 비설이 울상을 지은 채로 혁련휘를 향해 중얼거렸다.

"형님……."

소맷자락 끝을 살짝 잡은 채 올려다보는 그 모습이 흡사 주인을 바라보는 애완동물 같았다. 그런 비설을 혁련휘가 말없이 내려다봤다.

분명 사내라면 흔들릴 수밖에 없는 외모를 지닌 비설이다. 그렇지만 혁련휘를 망설이게 만드는 건 그런 비설의 아름다운 외모가 아니라 과거의 기억이었다.

애처로운 이 모습이 흡사 그 날의 녀석을 기억나게 만든다.

머리가 계속해서 말하고 있다.

이 여자는 그 녀석이 아니라고.

괜히 귀찮은 일에 말려들 필요는 없을 거라고.

그런데…… 이상하게도 자꾸 과거의 기억이 지금의 자신을 붙잡는다.

혁련휘가 작게 입술을 깨물었다.

부의민의 발소리가 가까워졌고, 이내 그 소리가 지척에

이르자 비설은 포기했는지 애처로운 표정으로 고개를 숙이더니 이내 눈을 꽉 감아 버렸다.

부의민이 혁련휘와 비설이 서 있는 모퉁이로 막 들어설 때였다.

스윽.

가만히 서 있던 혁련휘가 몸을 돌려 부의민의 앞을 가로막았다. 큰 키의 그가 길을 막아서자 비설의 모습이 부의민의 시야에서 사라졌다.

갑자기 몸을 돌리는 혁련휘의 기척에 비설이 놀라 두 눈을 크게 치켜떴다. 자신의 정체에 대해 말할 거라 생각했던 그가 오히려 그녀를 지켜 주고 있었으니까.

혁련휘의 커다란 등이 그녀의 앞을 막아서고 있었다.

부의민이 짜증 섞인 얼굴로 입을 열었다.

"어이, 귓구멍이 막혔어? 뭐하냐고 물었잖아."

"산책 중이오."

"산책? 누굴 머저리로 보나."

부의민이 기가 차다는 듯 비웃으며 혁련휘의 어깨 너머를 보려고 했다. 하지만 키가 큰 혁련휘의 뒤를 훔쳐보기엔 무리가 따랐다.

그런 부의민의 행동에서 낌새를 눈치챈 혁련휘가 슬쩍 머리 끈을 쥐고 있던 손을 뒤로 내밀었고, 그의 등에 붙어 움츠리고 있던 비설이 황급히 그것을 건네받았다.

부의민이 말했다.

"분명 말했을 텐데? 싸움질을 했다가 벌점을 받을 거라고. 내 경고가 우습던가?"

"싸움이라니 무슨 말인지 모르겠군."

"그건 확인해 보면 알 일이고."

비켜보라는 듯 부의민이 손가락을 까닥였다.

애초부터 뭔가 소란스러운 목소리를 듣고 이곳으로 오지 않았던가. 부의민의 경험상 분명 싸움이 벌어졌을 거라 확신하고 있는 것이다.

혁련휘가 시간을 벌기 위해 최대한 느릿하게 옆으로 비켜섰다.

그러자 그곳에는 빠르게 끈으로 머리를 동여맨 비설이 자리하고 있었다. 어느덧 남자의 모습으로 돌아온 비설이 웃는 얼굴로 물었다.

"무슨 일이십니까?"

"……."

부의민은 비설을 위아래로 훑었다. 혹여나 싸움질을 한 흔적이 있나 살폈지만 옷차림도 멀쩡했고, 얼굴이나 팔에도 상처 같은 건 보이지 않았다.

싸움을 벌였을 거라는 확신을 가졌던 부의민으로서는 그

저 얼굴만 찡그리는 것밖에는 방도가 없었다. 증거가 없으니 더 몰아붙일 수도 없는 상황이다.

부의민이 입맛을 다셨다.

"흐음, 좋아. 둘이 그렇게 말하니 우선 넘어가지. 하지만 앞으론 조심하는 게 좋을 거야. 너희 두 사람 내가 주시하고 있을 테니까."

손가락으로 둘을 번갈아 가리킨 부의민이 몸을 휙 하니 돌리고는 건물 쪽으로 돌아갔다. 그렇게 부의민이 멀어져 갔을 때였다.

웃는 얼굴로 서 있던 비설이 긴 한숨을 내쉬며 얼굴 가득한 웃음기를 거뒀다.

"하아, 꼼짝없이 들키는 줄 알았네."

태연한 척했지만 등줄기로 식은땀이 흐를 정도로 비설은 긴장했었다. 안도하며 벽에 기대어 선 비설을 슬쩍 바라봤던 혁련휘가 이내 관심 없다는 듯 발걸음을 옮겼다.

안도감에 휩싸여 있던 비설은 그런 혁련휘의 옆으로 빠르게 따라붙으며 밝게 말했다.

"정말 감사합니다. 이 은혜 제가 학관을 떠날 때까지 두고두고 갚겠습니다."

"……감사할 필요 없어. 말할 이유를 못 느껴서 아무 말 안 한 것뿐이니까."

지켜 줘야 할 이유는 없었다. 하지만 반대로 굳이 이 사실을 알려야 할 필요도 없다. 실제로 혁련휘는 비설이 여자라는 것에 대해 딱히 찾아가 알릴 생각조차 없었다.

혁련휘가 이곳 환영학관에 가지는 감정으로 봤을 때 이들을 위한 일 같은 건 하고 싶지 않았으니까.

아무런 말도 하지 않았거늘 비설 혼자서 혁련휘가 말하지 않을까 걱정하고 이 같은 행동을 벌인 것뿐이다.

다만…… 자신들을 담당하는 부의민이 다가왔을 때 그녀를 지켜 줬던 것은 스스로가 생각해도 선뜻 이유를 알 수 없는 행동이었지만 말이다.

말할 이유가 없어 말하지 않았다는 혁련휘의 말에 비설은 그가 쑥스러워 그런다고만 생각했는지 가볍게 웃었다.

"에이, 그래도 지켜 준 거 아닙니까. 형님. 어제 처음 뵈었을 때 인정머리 없는 망할 놈…… 분이라고 생각했는데 제 착각이었네요."

자신도 모르게 속내를 그대로 드러내던 비설이 황급히 말을 바꾸고는 어색하게 웃었다. 빠르게 말을 바꿨지만 혁련휘가 듣지 못했을 리가 없다.

망할 놈이라는 말에 혁련휘의 무표정한 눈동자가 살짝 꿈틀거렸지만 이내 원래대로 돌아갔다. 바짝 붙은 채로 쫓아오는 비설이 귀찮았는지 걸어가던 혁련휘가 참지 못하고 다리를 멈추곤 고개를 돌렸다.

"만두 귀신, 언제까지 따라올 생각이지?"

"아……."

그제야 비설은 자신이 혁련휘를 따라 거처에서 한참 떨어진 곳까지 왔다는 걸 알아차렸다. 갑작스레 벌어진 일에 놀라다 보니 아직까지도 정신이 없는 모양이다.

비설이 어색하게 혁련휘에게서 한 걸음 물러났다.

그런 그녀를 향해 혁련휘가 짧게 말했다.

"정말 나한테 고마운 마음이 조금이라도 있다면 더 귀찮게 하지 말고 돌아가."

차가운 목소리로 말을 내뱉었지만 비설은 전혀 아랑곳하지 않고 밝은 목소리로 대답했다.

"옙, 형님."

웃는 얼굴로 돌아서서 걷던 비설이 갑자기 발걸음을 멈췄다. 그녀가 몸을 돌려 혁련휘를 향해 입을 열었다.

"깜빡할 뻔했는데 제 이름은 만두 귀신이 아니라 비설입니다."

"……?"

"아! 형님 이름은 이미 알고 있으니 말씀 안 하셔도 돼요. 그래도 형님으로 모신다고 했는데 아우 이름은 말씀드려야 할 것 같아서요. 그럼 정말로 물러갈게요."

포권을 취해 보인 비설이 다시금 갈 길을 가기 시작했고, 그런 그녀의 뒷모습에 혁련휘의 시선이 아주 잠시 고정됐다.

'왜 몰랐는지 모르겠군.'

남장을 한 비설을 보고 왜 바로 그녀를 떠올리지 못했을까. 비록 짧은 만남이긴 했지만 묘하게 혁련휘의 머리에 큰 인상을 남겨 줬던 여인이다.

그런데 알아차리지 못했다.

심지어 스쳐 지나가며 풍겨 온 향기를 맡은 후에야 기억해 낼 수 있었다. 그만큼 완벽하게 남장을 했다는 소리다.

선뜻 이해는 가지 않는다. 무슨 연유로 이곳 환영학관에 남장을 하고 잠입한 걸까?

여인의 몸으로 사내처럼 살아간다는 게 분명 쉬운 일은 아닐 터.

그런 위험을 감수하면서까지 남자 흉내를 내야 할 이유가 과연 뭐가 있을까.

허나 그런 비설에 대한 짧은 고민은 하늘을 맴도는 그림자와 함께 사라졌다.

끼이이익!

매의 울음소리!

'흑풍이군.'

흑풍이 이곳에 있다는 게 무엇을 의미하는지 모를 혁련휘가 아니다.

혁련휘의 멈췄던 발이 움직였다. 그는 흑풍의 울음소리를 따라 빠르게 환영학관의 외곽으로 향했다.

혁련휘가 이내 인적이 드문 장소에 도착했을 때다. 그가 아무도 없는 허공을 향해 입을 열었다.

"보고해."

짧은 한마디와 함께 뒤편으로 두 명의 사내가 모습을 드러냈다. 성도로 들어오며 헤어졌던 혁련휘의 수하. 바로 환야와 달치였다.

환영학관은 내성을 제외하곤 경비가 엄청 삼엄한 편은 아니었으나 그렇다고 해서 또 만만하게 볼 수준도 아니었다.

그렇지만 환야와 달치에게 이 정도 경비망을 뚫는 것 정도는 식은 죽 먹기보다 쉬웠다.

환야가 입을 열었다.

"대장께서 명령하신 비파월이라는 놈들을 찾아냈습니다."

"접선 방법은?"

"각 지역별로 거점을 두고 그곳을 통해 의뢰를 받습니다."

"사천의 거점은 어디지?"

"이곳 성도입니다."

"역시."

환야의 말에 혁련휘가 그럴 줄 알았다는 듯 고개를 끄덕였다.

비파월은 정보로 장사를 하는 집단이다.

당연히 그들의 거점은 정보들이 가장 오갈 만한 장소를 중심으로 만들어질 확률이 컸다. 그리고 사천의 중심은 바로 성도다.

삼 일 정도는 걸릴 거라 생각한 일이거늘 결과가 생각보다 빠르다.

혁련휘가 말했다.

"생각보다 금방 알아냈군."

"뭐 몇 놈 쥐어 패니 술술 불더군요."

말을 하며 환야가 옆에 있는 달치를 슬쩍 바라봤다.

덩달아 혁련휘의 시선에 달치의 솥뚜껑만 한 주먹이 들어왔다.

별다른 말을 하지 않았음에도 불구하고 혁련휘 또한 얼추 상황을 알 것 같았다.

아마도 저 무지막지한 주먹으로 곤죽이 되도록 두들겨 팼으리라.

두 사람이 표정을 구긴 채로 달치를 바라볼 때였다. 순박한 얼굴의 달치는 왜 그러냐는 듯 둘을 바라보며 히죽 웃었다.

그러고는 이내 칭찬이라도 바라는 듯이 신명 나게 말했다.

"나 주인이 시킨 대로 했다. 놈들 안 죽였다."

"잘했다."

"흐흐흐!"

혁련휘에게 칭찬을 듣자 기분이 좋은지 달치가 온몸이 들썩일 정도로 웃었다.

그러자 덩달아 허리에 차고 있는 커다란 도끼가 흔들렸다.

그런 그를 바라보던 환야는 고개를 절레절레 저었다. 저런 무식한 힘을 가진 달치에게 두들겨 맞던 이들이 생각나자 안쓰러운 마음까지 인다.

죽진 않았다.

다만 죽지 않은 게 신기할 정도로 맞은 것뿐이다.

'뭐 저 무식한 놈이 말한 대로 죽진 않았으니까.'

하지만 연민은 잠시였다. 이내 환야는 본론으로 돌아갔다.

"어떻게 할까요? 제가 가서 비파월을 움직여 볼까요?"

"아니, 내가 하지."

"알겠습니다. 그럼 객잔을 하나 잡아서 달치를 넣어 두죠. 그리고 전 잔심부름이 필요하실 수도 있으니 환영학관 내부에 숨어 있겠습니다."

"아, 그건 됐어. 달치 혼자 두지 말고 너도 객잔에서 대기해."

"혹시 번거로우신 일이 생기실 수도 있는데 저라도 있는 게 낫지 않을까요?"

분명 달치를 혼자 두는 것도 문제다.

무서운 덩치와 달리 그는 물가에 내놓은 어린애 같은 존재였으니까. 하지만 달치는 혁련휘의 움직이지 말고 대기하라는 한마디면 충분하다.

혁련휘의 명령이라면 설령 객잔이 무너진다고 해도 그곳에서 기다릴 달치다.

그걸 혁련휘 또한 모르지는 않을 터. 하지만 그는 고개를 저었다. 환야는 따로 해 줘야 할 일이 있었으니까.

"너는 밖에서 흘러가는 정세를 파악해. 뭔가 미심쩍은 게 있으면 보고하고. 학관 내부 일은 신경 쓰지 않아도 된다. 이미 구해 놨거든."

"뭘 말씀입니까?"

"내 잔심부름을 해 줄 놈."

"벌써 말입니까?"

환야가 놀란 듯이 되물었다.

학관에 들어간 지 반나절도 되지 않았다. 그런데 벌써 수족처럼 다룰 자를 만들었다 하니 당황스럽기 그지없다.

환야에 물음에 혁련휘가 고개를 끄덕이며 말했다.

"나 대신 심부름도 해 주고, 귀찮은 일도 대신해 준다는군."

"……왜 그런답니까?"

환야가 진심으로 이해가 안 간다는 듯 되물었다.

"조금 일이 있었어."

"그렇군요."

환야는 어떤 일이 있었는지 더 캐묻지 않았다. 혁련휘가 한 그 어떠한 행동에도 의문을 가질 이유가 없었으니까. 다만 한 가지 궁금했는지 환야가 물었다.

"쓸 만한 자입니까?"

"뭐…… 심부름시키기엔 부족하지 않을 정도는 되겠더군."

하지만 그 말에 환야는 깜짝 놀랐다.

고작 심부름일 뿐이다. 그렇지만 그게 다른 이도 아닌 혁련휘의 입에서 나온 것이라면 의미가 다르다. 그가 이렇게 처음부터 호의적으로 말하는 경우는 극히 드물었으니까.

환야의 표정 변화를 읽었는지 혁련휘가 물었다.

"왜 그래?"

"아뇨. 대장 입에서 부족하지 않을 정도는 된다기에 조금 놀랐습니다. 그만한 실력자인가 봅니다."

"그건 모르겠고 조금 수상한 부분이 있어서 말이야."

"수상하다고요? 설마 마교에서 사람을 붙인 것 아닙니까?"

"그들로선 벌써 우리의 움직임을 알아채지 못했을 거다. 그리고 전혀 그런 느낌도 아니고."

"그래도 혹시 모르는데 피하는 게 낫지 않으시겠습니까?"

"아니."

혁련휘가 하늘 위를 올려다봤다.

허공에 원을 수놓으며 나는 흑풍의 모습이 눈에 들어온다.

흑풍을 올려다보는 혁련휘의 머리에 방금 전 헤어진 비설의 모습이 떠오른다.

정체 모를 여인인 비설.

정말 그녀가 자신의 적이라면?

언뜻 보면 그런 자를 옆에 둔다는 게 위험해 보일 수도 있다. 하지만 혁련휘의 생각은 오히려 그 반대였다.

비설이 어떤 목적으로 이곳에 왔든 상관없다.

흑풍을 바라보며 혁련휘가 입을 열었다.

"적이라면…… 더 가까이 둬야 하는 법이지."

# 3장. 입관 시험

— 죽진 않을 거야

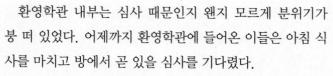

환영학관 내부는 심사 때문인지 왠지 모르게 분위기가
붕 떠 있었다. 어제까지 환영학관에 들어온 이들은 아침 식
사를 마치고 방에서 곧 있을 심사를 기다렸다.

이미 대부분의 사람들은 각자 패거리를 만들어 곧 있을
심사에 대해 이야기들을 나눴다. 그건 혁련휘가 있는 방도
마찬가지였다.

서른 명이 기거하는 방 안에는 네 개의 패거리가 이미 존
재했다. 다섯 명에서 열 명 정도씩으로 나눠진 네 개의 패
거리들은 서로 간에 견제를 하며 자신들만 알아들을 정도
로 수군덕거렸다.

그런 무리에 섞이지 않은 건 혁련휘와 비설뿐이었다. 식사를 한 이후부터 멀뚱거리며 앉아 있던 비설이 슬슬 눈치를 살피다가 혁련휘에게 다가왔다.

혁련휘는 벽에 기댄 채로 흡사 자는 것처럼 두 눈을 감고 있었다.

앉은 채로 혁련휘의 옆까지 다가온 비설이 조심스레 입을 열었다.

"형님. 주무세요?"

혁련휘는 말이 없었다.

그런 그에게 비설이 다시금 말을 걸려 할 때였다.

"안 자."

말과 함께 혁련휘가 감고 있던 두 눈을 슬며시 떴다. 그 차가운 눈동자와 마주하는 순간 비설은 처음 만났을 때 느꼈던 그 감정을 다시금 느꼈다.

계속해서 봐도 적응하기 힘들 정도로 이 혁련휘라는 사내의 눈동자는 너무나 아름다웠다.

잠시 혁련휘의 눈동자에 빠져 멍하니 바라보고 있는 비설을 향해 그가 입을 열었다.

"먼저 말 걸어 놓고 멍하니 뭐하는 거야?"

혁련휘의 냉랭한 한마디에 정신을 차린 비설이 황급히 말을 건 목적을 꺼냈다.

"다른 사람들도 저렇게 삼삼오오 모여 정보를 나누길래요. 저희도 뭔가 곧 있을 심사에 대해 이야기를 좀 해 봐야 하지 않을까 싶어서요."

혁련휘는 뜻밖이라는 듯이 비설을 바라봤다. 자리에 앉은 채로 그런 그와 시선을 마주하던 비설이 입을 열었다.

"왜 그렇게 보십니까?"

"이상해서."

"뭐가요?"

"내가 떨어졌으면 해야 정상 아닌가?"

"왜요?"

"난 네 약점을 쥐고 있잖아. 나라면 그런 상대가 떨어졌음 하고 바랄 것 같은데?"

"아…… 그런 방법도 있었군요."

비설이 아쉽다는 듯이 중얼거렸지만 혁련휘는 알 수 있었다. 아쉬워하는 그 모습에서 진심이 느껴지지 않는다.

그랬기에 이해가 가지 않는다.

당연히 그런 생각부터 해야 맞는 것이니까.

하지만 그런 혁련휘의 속내를 아는지 모르는지 비설은 밝은 얼굴로 말을 이어 나갔다.

"붙으실 거잖아요."

"……무슨 뜻이지?"

"제가 떨어지길 바란다고 해서 떨어질 분이 아니라는 거죠."

"어째서?"

"음, 글쎄요. 그냥 감?"

비설은 애매하게 말을 끌었다.

사실 실제로 혁련휘의 실력을 눈으로 보진 못했다. 하지만 비설은 직감할 수 있었다. 자그마한 움직임에서도, 그리고 결정적으로 자신의 머리 끈을 풀어 버리던 그때의 손놀림을 보는 순간 확신을 가졌다.

최소 지금 이 방 안에 있는 여타의 무인들과는 질적으로 다르다는 걸 말이다.

그리고 혁련휘의 말대로 사실 비설이라 해서 그와 함께하는 게 좋을 리는 없었다. 혁련휘는 자신의 비밀을 알고 있는 유일한 자니까.

하지만 그렇다고 해서 피하는 게 상책은 아니다.

그런 행동이 혁련휘의 기분을 상하게 한다면 정말로 그녀의 비밀이 새어 나갈지도 모른다.

차라리 적당히 기분을 맞춰 주면서 약속했던 일을 해 주는 것이 여러모로 낫다는 판단을 내린 것이다.

오랜 시간 사부의 수발을 들어 왔던 비설이다. 그런 그녀였기에 혁련휘라는 사내 한 명 정도 형님으로 모시는 건 그리 대수롭지 않은 일이었다.

그리고 아직까지 비설은 혁련휘가 뭔가를 시킨다고 해서 그게 얼마나 되겠냐는 자신만의 판단을 내려 둔 상태였기에 더욱 쉽게 생각하고 있는 것이기도 했다.

가만히 옆에 앉아 있는 비설을 바라보던 혁련휘가 손을 들어 올려 한곳을 가리켰다.

"정신 사납게 옆에서 떠들지 말고 궁금한 게 있으면 저쪽 가서 물어봐."

혁련휘가 손가락이 향한 곳에는 이 안에서 가장 큰 무리가 자리하고 있었다. 열 명의 사내들이 모여 주변을 경계하며 뭔가를 속닥거리고 있다.

물론 그들 딴에는 최대한 작게 말하고 있지만 그 소리는 혁련휘의 귀를 피해 갈 순 없었다. 그들은 곧 있을 심사에 대한 이야기를 나누고 있었다.

이전까지 심사에 나왔던 것들에 대한 정보들이 속속들이 들려온다.

혁련휘가 생각하기론 자신과 어울리기보다는 저들에게 섞여 정보를 캐내는 게 훨씬 더 나을 거라는 생각이 들었다.

잠시 그쪽으로 시선을 줬던 비설이 고개를 저으며 말을 받았다.

"저 사람들은 아마 절 안 껴 줄걸요."

"왜?"

"딱 봐도 제가 이번 심사에서 떨어질 것처럼 보이나 보더라고요."

비설은 자신을 가만히 훑어봤다.

키는 여자치곤 컸기에 그리 작은 편은 아니었지만, 여인의 호리호리한 팔과 다리 때문인지 그리 강해 보이지 않는다.

비설이 물었다.

"저 그렇게 만만해 보여요?"

"어."

혁련휘는 한 치의 망설임도 없이 대답했다. 그 말에 비설은 자신의 얇은 팔뚝을 괜스레 만지며 불만스러운 표정을 짓고 있었고, 그런 그녀를 혁련휘는 가만히 바라봤다.

분명 만만해 보이는 건 사실이다.

하지만 겉모습만으로 상대를 평가하는 건 삼류나 하는 짓이다. 그런 의미에서 저기 모인 열 명은 삼류에 가까운 자들일 게다.

오히려 자신을 만만히 본다는 사실을 알면서도 전혀 발끈하지 않고 있는 이 비설이라는 여인의 평정심에 혁련휘는 더 높은 점수를 주고 있었다.

남들의 무시하는 시선을 아무렇지 않게 넘길 수 있다는 건 생각보다 쉬운 게 아니다. 자신의 실력에 대한 확신이 있어야만 가능하다.

흔들리지 않는 확신.

스스로에 대한 그 확신이 오만이 아닌 자신감이라면?

그녀에 대한 생각은 거기까지였다. 비설에게 향했던 시선을 거둔 혁련휘가 여전히 벽에 기댄 채로 전방을 응시했다.

주변에서는 이번 심사에 대해 이것저것 이야기가 오가곤 있었지만 실질적으로 어떤 과정을 통해 그 실력을 판별할지는 알 수 없는 상황이다.

심사는 매년 바뀌어 왔으니까.

가만히 그들이 떠드는 심사에 대한 이야기들을 듣고 있던 혁련휘가 퍼뜩 생각났다는 듯이 말했다.

"그런데 내 수발을 다 들어주겠다고 떠들어 놓고 심사에서 떨어지면 그건 계약 위반 아닌가?"

비설이 떨어진다 해서 혁련휘에게 큰 문제가 생기는 건 아니지만 적어도 환야는 지금보다 배 이상은 바빠질 것이다.

그리고 그건 혁련휘가 바라는 바가 아니었다.

아직 마교 쪽의 움직임을 파악하지 못한 상황에서 가능

하면 환야는 그쪽 일에 전담시키고 싶은 혁련휘다.

해야 할 게 있다.

그런데 아직은 그걸 도울 이들의 수가 극히 적다. 환영학
관 내부의 자잘한 것들을 맡기기에는 가능하면 이 안에 있
는 자일수록 좋다.

어차피 중요한 일을 맡길 자가 아니기에 실력은 크게 상
관없다. 또 믿을 수 있는 자인지 아닌지도 상관없다.

믿음?

믿음이란 건 유치하기 짝이 없는 감정이다.

믿었던 자에 의해 등에 칼이 꽂히는 곳이 무림이다.

세상에 그 누굴 믿는단 말인가.

믿는 것은 오직 자기 자신뿐. 혁련휘는 그렇게 살아왔다.
조금의 빈틈을 보이면 당장이라도 서로를 죽이고 죽이는
세상.

그런 세상에서 살아왔으니까. 그리고 그곳에서 살아서
나왔다는 것만으로 이미 혁련휘가 어떤 삶을 살아왔는지를
말해 주고 있었다.

그렇기에 혁련휘는 알고 있다.

믿음보다 더욱 확실한 건 바로 상대를 옴짝달싹 못 하게
할 약점이다.

비설은 그 모든 것에 맞는다.

환영학관에 같이 입관하는 자고, 또 혁련휘에게 치명적인 약점까지 잡혔다. 그가 입을 여는 순간 환영학관에서 쫓겨날 입장인 비설이라면 이용해 먹기엔 최적의 조건을 갖췄다.

비설에게 맡기려 하는 것들은 그리 특별한 게 아니다.

혁련휘가 외부로 나가야 할 상황이 있을 때 대신해서 해야 할 소일들을 해 주는 정도나, 혹시 자신이 모를 소문 같은 걸 들으면 전해 주는 수준이다.

쓸데없이 시간을 잡아먹는 학관 내부의 과제 같은 것도 모두 비설에게 맡길 생각이었다.

한마디로 번거롭거나 귀찮은 일들, 또는 괜히 소란스러워질 수 있는 것들을 사전에 차단하는 정도다. 이 정도라면 지금 혁련휘가 잡고 있는 비설의 약점 정도로도 충분히 이용할 수 있는 정도다.

비설의 입장에서도 번거로울 뿐이지 별다른 위험도 없는 일이기에 자신의 명령을 따르는 데 크게 문제 될 건 없을 것이다.

하지만 문득 생각해 보니 이 모든 건 비설이 이번 심사를 통해 입관에 성공해야만 가능한 일이었다.

혁련휘의 시선을 받는 비설이 당황한 듯 말했다.

"설마 저 떨어질 것 같아요?"

"그건 나도 모르지. 그래서 묻는 거잖아."

"에이, 그저께 밖에서 봤을 때도 말씀드렸잖아요. 저 멀리서 왔다니까요. 곧바로 떨어져서 돌아갈 거면 그렇게 먼 곳에서 왔겠어요?"

"대체 먼 곳에서 온 거랑 심사를 통과하는 게 무슨 상관이야."

혁련휘가 기가 차다는 듯 짧게 말했다.

그런 그를 향해 비설이 웃으며 대답했다.

"걱정하지 마세요. 제 실력을 보여드릴 테니까."

호언장담하는 비설을 바라보던 혁련휘가 품에서 동전 하나를 꺼냈다. 그러고는 말없이 손가락을 세워 동전 한쪽을 가볍게 눌렀다.

별다른 힘도 주지 않았지만 동전 한쪽에 주의 깊게 보지 않으면 알 수 없을 정도로 작은 홈이 생겨났다.

갑자기 이해할 수 없는 행동을 하는 혁련휘를 비설이 바라보다 물었다.

"뭐하시는 겁니까, 형님?"

형님이라는 호칭에 혁련휘는 동전을 든 채로 잠시 미간을 찌푸렸다.

하지만 그는 별다른 말도 없이 동전을 올린 손을 갑자기 움켜쥐었다. 그러고는 꽉 쥔 주먹 안으로 엄지를 밀어 넣으며 동시에 빠르게 손가락을 튕겼다.

티잉!

동전은 매섭게 회전하며 날아가 반대편 벽에 박혔다. 벽에 박힌 동전이 부르르 떨렸다.

큰 방인지라 거리가 제법 되었지만 순식간에 그 끝에 도달한 것이다. 사실 내력을 조절했기에 벽에 박힌 것이지 원래였다면 벽을 뚫어내는 건 그에게 일도 아니었다.

갑자기 동전을 던져 벽에 박아 넣는 행동에 방 안에 있던 이들의 시선이 혁련휘에게 쏠렸다. 하지만 혁련휘는 주변이들의 눈빛에는 아랑곳하지 않고 입을 열었다.

"위아래."

"엥? 위아래라뇨?"

"흠이 있는 부분이 위냐고 아래냐고."

"갑자기 왜……."

"보여 준다며. 그래서 보려고. 말뿐인 건지 아니면 정말보여 준다는 자기의 말에 최소한의 책임은 질 수 있는지."

말을 마친 혁련휘의 눈이 비설을 뚫어져라 바라봤다.

날아가 박힌 동전과의 거리는 제법 되지만 무인이라면확인하지 못할 정도는 아니다. 문제는 동전의 흠이 난 부분이 이미 벽에 박혔다는 거다.

그 말은 곧 안력을 올려 동전을 살피는 것만으로 알 수 없다는 걸 의미했다.

처음 동전에 흠을 낼 때부터 던지는 그 모든 순간까지 집중을 했어야 한다.

처음부터 이 같은 문제를 낼 걸 알았다면야 집중하며 봤을 테고, 어느 정도 수준에 있는 무인이라면 맞추는 건 별일 아니었을 게다.

하지만 혁련휘는 일부러 아무런 말도 하지 않고 일을 벌였다.

항상 풀어지지 않는 집중력, 그리고 그 모든 걸 담아낼 수 있는 넓은 시야. 그것은 무인에게 필수였으니까.

말은 쉽지만 맞추는 건 어렵다.

항상 그만한 집중력을 유지한다는 건 실력 있는 무인이라 해도 어려운 일이었으니까.

큰 기대를 하지 않고 한 행동.

그때 비설이 동전을 향해 고개도 돌리지 않고 말했다.

"아래요."

이미 방 안의 모두의 시선이 둘에게 쏠려 있는 상황이었다. 그랬기에 그들의 눈동자는 비설의 대답과 함께 자연스레 벽에 박힌 동전으로 향했다.

정확히 무슨 일인지는 모르지만 뭔가 내기가 벌어진 것이라 생각하고 있는 것이다.

과연 맞을까?

그들의 눈동자에 궁금증이 치밀어 오르는 그 순간이었다.

덜컹.

닫혀 있던 문이 열리며 들어온 이는 다름 아닌 이 방을 담당하고 있는 환영학관의 무인 부의민이었다. 그는 안으로 들어오기 무섭게 고요하니 낮게 가라앉은 방 분위기를 느꼈다.

'분위기가 뭔가 묘한데.'

그런 방 분위기가 다소 께름칙했지만 부의민은 이내 이곳에 온 목적을 밝혔다.

"다들 나와. 일 차 심사장으로 이동한다."

심사장으로 이동한다는 말에 자리에 앉아 있던 이들이 우르르 일어섰다. 그리고 동전으로 향했던 관심도 거짓말처럼 사그라졌다.

당연하다.

그토록 기다렸던 심사가 코앞인데 동전의 앞뒤가 뭐 그리 중요하단 말인가. 모두가 쏜살같이 바깥으로 튀어 나가자 혁련휘도 천천히 자리에서 일어났다.

먼저 움직인 비설이 문가에서 가볍게 손짓했다.

"형님, 먼저 나가 있을게요."

말을 마친 그녀가 바깥으로 걸어 나가자 혼자 방 안에 남았던 혁련휘가 발을 움직였다. 그리고는 이내 자신이 던진 동전이 박혀 있던 벽면에 이르러 멈추어 섰다.

혁련휘는 벽에 박힌 동전을 내려다봤다.

갑자기 멈추어 서 있는 혁련휘를 향해 문가에 있던 부의민이 짜증 섞인 목소리로 말했다.

"다들 나갔는데 혼자서 뭐하는 거야! 안 나올 거냐?"

"나가겠소."

말을 마치는 것과 동시에 혁련휘는 벽에 박힌 동전을 뽑아 들었다.

품에 동전을 집어넣으며 혁련휘가 나지막이 중얼거렸다.

"제법이군."

\*　　　\*　　　\*

일 차 심사장으로 향하는 이들의 얼굴에는 갖가지 감정이 가득했다.

긴장으로 인해 안절부절못하는 자, 기다리던 때가 왔다는 생각에 들뜬 감정이 얼굴에 고스란히 드러나는 사람도.

각자 품고 있는 생각은 달랐지만 모두의 목표는 하나였다.

합격.

이번 일 차 심사를 무사히 합격해서 다음 단계로 넘어가는 게 모두의 공통적인 생각이었다. 여러 감정들이 교차한 무리에서 유독 무표정한 얼굴을 한 사내가 하나 있었다.

혁련휘였다.

그는 심사장으로 향하는 동안에도 전혀 표정 변화가 없었다. 무표정한 얼굴로 그는 긴장도, 기대도 하고 있지 않았다.

혁련휘는 길을 걸으며 가만히 주변의 모습을 눈에 담았다. 잘 꾸며진 길 양쪽으로 휘황찬란한 건물이, 또 커다란 연무장들도 모습을 드러낸다.

주변의 전경을 바라보던 혁련휘의 눈동자가 일렁거렸다.

'여긴 그대로군.'

혁련휘는 이곳 환영학관 내부에 들어온 적이 있었다. 물론 그때는 이렇게 입관 신청자의 신분으로 들어온 건 아니었지만.

그때까지만 해도 자신이 환영학관에 들어오기 위해 심사를 받는 일이 있을 거라곤 상상도 하지 못했었다.

혁련휘의 시선은 이내 곳곳에 보이는 일련의 무리들로 향했다. 들어올 때부터 알고 있었지만 정말 어마어마한 인파다.

이곳 환영학관에 들어오기 위해 몰려드는 무인들의 숫자는 헤아리기 힘들 정도로 많았다. 물론 그중에 모든 심사를 통과하는 자는 채 일 할도 되지 못했지만 말이다.

그럼에도 불구하고 매번 많은 이들이 환영학관에 들어오기 위해 지원한다.

젊은 마도인들에게는 이름을 알릴 기회가, 그리고 이제는 힘을 잃은 정파의 젊은 무인들에게는 거의 유일하다시피 한 출세의 기회니까.

무인으로서의 성공을 꿈꾸며 많은 이들이 환영학관에 들어오지만 심사는 제법 빡빡한 편이다. 통과 인원이 채 일 할도 되지 않는다는 것이 그러한 사실을 뒷받침했다.

앞장서서 이들을 데리고 걸어가던 부의민은 옆에서 기분 좋은 듯 미소를 머금고 있는 이를 보며 씨익 웃으며 말했다.

"기분이 좋은 모양이네?"

부의민이 갑작스레 말을 걸어오자 일순 당황했던 사내는 이내 살갑게 구는 그의 모습에 점수라도 따려는 듯이 크게 고개를 끄덕였다.

어제 처음 봤고 크게 대화를 나눠 본 건 아니었지만 부의민은 모습을 드러낸 그 순간부터 귀찮아하거나, 짜증스러운 표정만 지어 보였다.

한눈에 봐도 귀찮은 일은 싫어하는 부류.

그러던 그가 이렇게 웃으며 말을 걸자 기회라는 생각이 든 것이다.

부의민은 최소한 이곳 환영학관의 무인.

그에게 좋게 보인다면 여러모로 유리한 것은 당연지사다.

'웃고 있는 것 때문에 날 좋게 본 모양인데 지금 기회를 놓칠 순 없지!'

더욱 환하게 웃으며 그가 부의민을 향해 말했다.

"물론입니다."

"뭐가 그렇게 좋은데?"

"드디어 꿈에도 그리던 환영학관의 입관 심사 아닙니까. 당연히 좋을 수밖에요."

"그래? 뭐 보기 좋네. 많이많이 웃어 두라고. 곧 웃고 싶어도 못 웃게 될지도 모르니까."

"예?"

"아아, 별거 아니야."

부의민은 알 수 없는 묘한 미소를 지으며 앞으로 걸어 나갔다. 그런 그의 등을 바라보며 고개를 갸웃하긴 했지만 사내는 생각했다.

웃는 얼굴에 침 뱉겠냐고.

그리고 이내 앞장서서 걷던 부의민이 멈추어 선 것은 커다란 건물 앞이었다. 크기가 제법 되어 보이는 그곳에 이르자 몇 명의 사람들이 자리하고 있었다.

그들은 심사를 받을 인원들이 도착하자 분주히 움직이기 시작했다. 각자의 자리에 서자 그들 중 한 사내가 입을 열었다.

"준비 끝났습니다. 아무 때나 시작하셔도 됩니다."

그 말에 부의민이 짧게 고개를 끄덕이고는 몸을 돌려 이곳까지 데리고 온 인원들을 바라봤다. 그가 여전히 귀찮다는 듯한 말투로 입을 열었다.

"뭐 굳이 설명 안 해도 알겠지만 여기가 일 차 심사장이다. 이 건물 보이지? 건물 안에 들어가면 시작되고 심사는 한 명씩 진행된다. 그러니까 옆에 있는 놈들의 도움을 받을 생각 따위는 아예 버리는 게 좋을 거야. 그리고 이번 일 차 심사는 각 조의 관리자들이 맡는 관계로 너희들의 합격 여부 또한 내가 판가름한다."

빠르게 내뱉어지는 설명에 무인들 대다수가 긴장한 얼굴로 그에게 집중했다.

과연 무슨 심사일까?

건물 크기가 제법 크긴 했지만 기껏해야 보통 객잔 한 층 정도의 넓이다. 넓다면 넓지만 무인들에겐 돌파하는 데 그리 긴 거리는 아니다.

보통 건물.

하지만 혁련휘의 눈에는 달랐다.

'창이 없군.'

정면과 옆면에 창문이 존재하지 않는다. 뒤편은 벽과 바짝 맞닿아 있는 장소이니 보지 않아도 그쪽에 창문이 없다는 건 짐작할 수 있다.

과연 창문이 없는 게 우연일까?

그럴 리 없을 게다. 아마도 이 안에 있는 뭔가와 연관이 있으리라.

그리고 그런 혁련휘의 생각이 적중했다.

"이번 심사는 아주 간단해. 정말 너무 간단해서 설명하기조차 귀찮지만 또 그렇다고 그냥 시작할 순 없으니 귀들 똑바로 열고 잘 들어. 설명은 한 번만 하니까."

부의민은 자신에게 모두의 시선이 몰린 걸 확인하고 곧바로 말을 이었다.

"음. 간단하게 말하자면 이번 심사는…… 벌들에게서 꿀통 훔치기랄까?"

간단하다고 말하고 있지만 오히려 부의민에 말에 모두가 표정을 찡그렸다. 저게 대체 무슨 말인지 이해가 안 가는 듯한 눈빛이다.

그리고 그럴 줄 알았다는 듯 부의민이 혀를 차며 말을 이었다.

"쯧쯧. 그렇게 멍청해서야 네놈들 결과는 안 봐도 뻔하네. 그래도 내가 너희들 담당이니 조금 더 이해하기 쉽게 설명해 주지."

눈앞에 있는 건물을 가리키며 부의민이 말했다.

"이 안에 흑봉이라는 벌들이 있어. 너희는 이 안에 들어가서 놈들이 만들어 놓은 벌통을 가지고 나와야 해."

"버, 벌 말입니까?"

한 사내가 당황한 듯 물었다. 부의민이 뭐가 문제냐는 듯한 표정을 지어 보였다.

"왜? 뭐 문제 있나?"

"저 이 안에 그 흑봉이라는 벌이 얼마나 있는지 알 수 있습니까?"

"글쎄. 이 건물 안쪽 벽면이 다 놈들 집이라고 보면 될 테니 얼추 오천 마리는 되겠지?"

오천 마리쯤 있다는 말에 이번엔 다른 이들까지 당황한 듯 웅성거렸다.

그리고 웅성거리던 자 중 하나가 용기를 내서 물었다.

"혹시 쏘이면 위험한 벌 아닙니까?"

"설마. 아무리 그래도 그런 벌을 넣어 뒀겠느냐. 그런 걱정은 하지 않아도 된다."

부의민이 걱정 말라는 듯 웃으며 말하자 그제야 모두가 안도의 한숨을 내쉴 때였다. 그런 그들을 바라보며 부의민이 즐겁다는 듯이 말을 이었다.

"죽을 만큼 아프긴 하지만 죽진 않아. 아, 혹시나 안에서 침 몇십 방 정도 맞고 아프다고 혼절하면 그땐 죽을지도 모르지만. 그렇지만 그런 얼간이는 없을 테니 전혀 걱정할 거리는 아니야. 그렇지?"

그나마 나아졌던 분위기가 부의민의 말이 이어지기 무섭게 차갑게 식었다.

흑봉(黑蜂).

새카만 몸통을 지닌 벌이다. 크기는 장정의 검지 한 마디 정도.

흑봉은 부의민의 말대로 사람을 죽일 정도의 독성은 지니고 있지 않다. 하지만 흑봉의 침에 당하게 된다면 그 맞은 부위가 주먹만큼 부어오른다.

아무리 독성이 없는 벌이라 해도 이토록 많은 숫자에 쏘이게 된다면 생명은 장담할 순 없다. 그리고 혹시 모를 그럴 일에 대비해 이곳 환영학관에서도 최소한의 의원들을 대기시켜 놓은 상태다.

생각보다 심각한 일이 벌어진다면 그들이 목숨 정도는

구제해 주는 것이다. 물론 그 와중에 겪어야 할 고통은 자신의 몫이지만.

생각보다 더욱 위험한 심사라 생각했는지 한 사내가 불만을 드러냈다.

"대, 대체 벌들이 가득한 방에 들어가서 벌통을 훔쳐오는 게 왜 심사입니까? 이게 무공과 무슨 연관이 있다고……."

"심사 기준까지 가르쳐 달라는 거냐? 그런 건 스스로 알아야지. 그 정도 능력도 안 되면서 이곳 환영학관에 들어오겠다는 건가?"

부의민이 기가 차다는 듯이 혀를 찼다.

짐짓 너무하다 생각하며 동조의 빛을 띠던 이들은 부의민에 말에 할 말을 잇지 못한 채 입을 닫았다.

그의 말이 맞았으니까.

이곳은 다름 아닌 환영학관이다. 그리고 마찬가지로 모여 있는 자신들 또한 이곳에 놀러 온 것이 아니다. 엄격한 심사를 통해 선별된 인원만이 환영학관에 머무를 자격을 갖게 된다.

자격이 없다면?

환영학관을 떠나야 하는 건 당연하다.

자리에 모여 있던 이들이 어느 정도 납득했다 생각했는

지 부의민이 빛나는 눈으로 좌중을 둘러보며 중얼거렸다.

"자, 그럼 순서는 어떻게 할까."

그 한마디에 많은 이들이 부의민과 눈을 마주치지 않으려는 듯이 시선을 피했다. 이런 경우엔 최대한 앞에 순서는 피하는 게 좋다.

괜스레 불똥을 피하기 위해 모두가 긴장을 하고 있을 때였다. 주변을 둘러보던 부의민의 눈에 한 사내가 들어왔다.

부의민이 입가에 미소를 머금은 채로 말했다.

"아까 실없이 쳐웃던 새끼. 너부터 나와."

"저, 저 말입니까?"

이곳 심사장으로 오는 내내 웃고 있던 사내가 자신을 가리키며 되물었고, 부의민은 고개를 끄덕였다. 그러고는 귀찮게 더 말하게 하지 말라는 듯 손가락을 까닥거렸다.

그런 부의민의 태도에 사내는 울상을 지은 채로 앞으로 걸어 나왔다.

사내에게 다가온 부의민이 어깨에 손을 턱 하니 걸치며 걱정 말라는 듯이 재차 말했다.

"안 죽어, 안 죽어. 그러니 잘 다녀오라고. 아까처럼 계속 웃고 싶으면 아마 흑봉들 조심해야 할 거야. 안면에 몇 방 제대로 콕 하고 맞으면 얼굴이 퉁퉁 부어서 웃고 싶어도 못 웃을 테니까 말이야."

재미있다는 듯 말하는 부의민의 얼굴에는 활기가 가득했
다.

웃는 얼굴에 침 뱉겠냐는 사내의 생각이 틀렸다. 지금 눈
앞에 있는 이 부의민이라는 자는 웃는 얼굴에 똥물이라도
퍼부을 자다.

여태 귀찮아하거나 짜증만 내다가도 이런 일에만 활기를
띠고 있지 않은가.

'젠장! 그거 조금 웃었다가 이게 무슨 꼴이람.'

사내는 머뭇거리며 건물 앞에 섰다.

뒤편에선 자신에게 향하는 수많은 눈동자들이 느껴진다.
사내는 이를 꽉 깨물었다.

순서가 빨라지긴 했지만 모두가 넘어야 할 관문이다. 그
렇게 스스로를 다잡으니 마음이 한결 편안해졌다. 그가 입
을 열었다.

"가겠습니다."

대답이 떨어지자 부의민이 문을 열었다.

슬쩍 드러난 방 안은 한 치 앞을 파악하기도 힘들 정도로
어두워 보였다. 그리고 입구를 막고 있는 휘장을 걷어 내며
사내의 등을 툭 쳤다.

사내는 침을 꿀꺽 삼키며 안으로 걸어 들어갔다.

그리고 때를 맞춰 열렸던 문이 소리 없이 닫혔다.

그나마 뒤편에서 밀려들던 빛이 사라지자 방 안은 그저 어둠만이 가득했다.

사내는 안력을 올렸다.

그러자 새카만 방 안의 구조가 조금씩 눈에 들어오기 시작했다. 부의민이 설명한 대로 양쪽 벽에는 빼곡하니 벌집들이 가득했다.

허공을 붕붕 날아다니는 몇 마리의 흑봉들도 눈에 들어온다. 하지만 대부분이 벌집 안에 있는지 다행히 그 수가 많지 않았다.

사내의 시선이 잠시 벽을 스쳐 지나가 이내 정면으로 향했다. 문과는 정반대 방향에 커다란 탁자가 있었고, 그 위에 무엇인가가 자리하고 있었다.

사내의 눈동자가 어둠 속에서 빛났다.

'저, 저거다!'

흑봉이 만들어 둔 벌통을 가지고 나오는 게 이번 심사다. 그리고 그 벌통이 바로 저것이다.

저것만 가지고 오면 이 지옥에서 해방될 수 있다는 생각에 사내는 용기를 내서 천천히 발을 움직였다.

스윽.

은밀한 움직임.

그리고 다행히도 흑봉들에게서는 딱히 어떠한 반응도 느

껴지지 않았다. 그제야 사내는 속으로 안도의 한숨을 내쉬었다.

다행히도 흑봉이라는 벌들은 그리 예민한 생물이 아닌 듯싶었다.

'이 정도면 생각보다 쉬운데?'

환영학관의 심사는 까다롭기로 유명하다.

특히나 가장 첫 번째 관문은 많은 숫자의 지원자들을 떨어뜨린다고 알고 있다. 이후의 심사를 받을 인원을 최소화하여 보다 제대로 된 실력을 파악하기 위해서라고 들었다.

그런데 그런 첫 번째 심사가 이상하게도 간단하지 않은가?

잠시 의구심이 들었지만 성공이 코앞인 상황에 그런 생각은 곧 사라졌다.

사내는 장룡방이라는 이름조차 없는 방파의 무인이었다. 산동 구석에 위치해 문도의 숫자도 그리 많지 않았고, 뛰어난 고수가 있는 것도 아니다.

그랬기에 사내는 욕심이 있었다.

환영학관에 입관해 성공한다면 부와 명예, 그리고 여인들까지도 줄줄이 생기리라.

모든 걸 얻은 자신의 모습을 생각하며 입가에 미소를 머금는 바로 그때였다.

바깥에서 부의민의 목소리가 들렸다.

"자, 그럼 시작한다."

시작이라니?

이미 시작했는데 인제 와서 뭘 하겠다는 건가?

벌통 근처까지 다가와 손을 뻗으려던 사내가 당황하는
그때였다.

타앙!

바깥에서 들려온 소리와 함께 건물이 가볍게 흔들렸다.
그리고 그 순간 조용했던 방 안에 자그마한 소리들이 파도
처럼 연달아 몰아치기 시작했다.

부웅. 부우웅. 부우우웅!

'부의민 이 미, 미친 새끼가!'

보지 않았지만 알 수 있었다. 부의민이 무엇인가로 벽을
흔들릴 정도로 충격을 가한 것이다. 그리고 그 충격은 잠잠
했던 흑봉들을 깨웠다.

모습을 드러낸 흑봉들은 자신들의 벌통을 노리는 이질적
인 존재를 발견하곤 곧바로 그쪽으로 날아들었다.

허공을 가득 채우는 벌의 날갯짓 소리에 사내는 혼비백
산했다.

"으아아악!"

단말마의 비명 소리와 함께 그가 미친 듯이 손을 허우적

거렸다. 벌들이 쏘아 대는 침이 사방에서 날아들었다. 조그마한 침들이 몸에 날아와 박혔다.

동시에 근육이 경련할 정도로 고통이 치밀었지만 사내는 어떻게든 손에 든 꿀통을 든 채로 바깥으로 달려 나갔다.

콰앙!

문을 박차다시피 하며 나온 사내가 바닥을 굴렀다.

그 순간 옆에 서 있던 부의민이 흑봉이 빠져나오지 못하도록 빠르게 문을 닫았다.

사내의 꼴은 엉망진창이었다.

눈두덩이도 두들겨 맞은 것처럼 부어올랐고, 손과 목 같은 드러나 있는 모든 부위들이 툭 튀어나와 있었다. 하지만 그의 얼굴엔 기쁨이 가득했다.

아픈 건 아픈 거고, 벌통을 들고 나왔다.

자신의 꿈으로 한 걸음 더 다가간 느낌에 사내는 고통조차 참아내고 있었다.

그런 그가 잔뜩 부은 얼굴로 힘겹게 손에 든 벌통을 확인시켰다.

"여, 여기 있습니다."

말하는 것조차 불편했는지 사내가 더듬거렸다.

희망 가득한 표정의 사내를 물끄러미 바라보던 부의민의 입이 천천히 열렸다.

"불합격. 짐 싸서 돌아가."

일 차 심사를 통과했다는 생각에 들떠 있던 사내는 예상 치 못했던 말에 잠시 멍하니 그를 바라봤다. 허나 그런 그 에게 부의민은 시선조차 주지 않고 있었다.

이내 정신을 차린 사내가 이해가 가지 않는다는 듯이 목 소리를 높였다.

"벌통을 가지고 나왔잖습니까! 그런데 왜 제가 일 차 심 사에서 떨어져야……."

목소리를 높이는 순간 부의민의 시선이 그에게로 향했 다. 서슬 퍼런 눈빛을 보는 순간 사내는 화가 나서 움직이 던 입을 멈추고야 말았다.

기껏해야 이류 수준의 무인. 그런 그에게 환영학관의 관 리관 중 하나인 부의민의 살기는 견디기 어려웠다.

부의민의 손이 사내의 어깨로 향했다. 그러고는 어깨를 잡은 손에 슬며시 힘을 불어 넣었다.

"으윽!"

사내의 입에서 비명 소리가 흘러나오는 그때 부의민이 슬며시 귓가로 얼굴을 들이밀며 말했다.

"이곳에 소풍이라도 온 걸로 착각하나 본데……."

나지막한 목소리. 하지만 그 목소리에서 느껴지는 기운 은 소름이 돋았다. 벌에 쏘여 온통 부은 몸을 부르르 떠는 사내를 향해 부의민이 말을 이었다.

"왜 불합격인지 모르는 것 자체가 네놈이 환영학관에 들어올 자격이 없다는 거다."

말을 마친 부의민이 그를 밀쳤다.

그러고는 평소와 같은 귀찮다는 말투로 말했다.

"꺼져."

부의민은 이내 시선을 돌려 다른 이들을 바라봤다. 이유를 알 수 없는 탈락에 부의민을 따라왔던 대부분의 무인들이 당황한 기색이 역력했다.

분명 제일 처음 들어갔던 사내는 임무를 완수했다.

그럼에도 불구하고 떨어졌다는 것은 그저 벌통만 가지고 나오는 것이 다가 아니라는 거다.

숨겨진 뭔가가 있다.

그게 뭔지는 모르겠지만 적어도 분명한 건 늦게 들어갈수록 더 많은 단서를 얻을 확률이 크다는 것이다. 어떻게든 눈이 마주치지 않기 위해 모두가 피하고 있을 때였다.

구석에 선 채로 정면의 건물을 응시하던 혁련휘의 미묘한 움직임을 눈치챈 비설이 물었다.

"나가시게요?"

"기다리는 게 귀찮아서."

비설의 질문에 짧게 답했던 혁련휘가 슬쩍 그녀를 바라

보며 말을 이었다.

"아까도 말했지만 떨어지면 계약 위반이다. 그럼 곧바로…… 알지?"

"최선을 다하죠."

비설이 애매한 미소를 머금은 채로 대답했다.

둘이 대화를 주고받는 소리를 들었는지 부의민이 고개를 돌리며 소리쳤다.

"누가 감히 지금 같은 때 떠들고 있는 거야!"

그의 시선이 혁련휘와 비설에게 머물렀고 이내 다시금 미소를 머금으며 말을 이어 나갈 때였다.

"또 너희냐? 심사 중에 떠들었으니 그 대가를 치를 각오 정도는……."

"나부터 하겠소."

"……재미있네."

생각지도 못한 대답을 한 탓일까?

잠시 침묵하던 부의민이 웃음과 함께 중얼거렸다. 그러는 틈에 무리에서 빠져나온 혁련휘가 부의민의 옆에 와서 섰다.

자신보다 큰 키의 혁련휘를 올려다보며 부의민이 짧게 말했다.

"조심하는 게 좋을 거야. 흑봉에게 쏘이면 네 녀석의 잘

난 얼굴도 눈 뜨고 보기 어려울 정도로 흉측하게 될 테니까."

조롱하듯 내뱉는 경고 섞인 말에 혁련휘는 별다른 대답도 하지 않았다. 그는 심사가 이루어지는 건물의 문을 향해 손을 뻗었다.

부의민이 재차 말했다.

"시작해."

끼이익.

혁련휘가 문을 열고 안으로 성큼 걸어 들어갔다. 방 안에는 이미 날뛰고 있는 흑봉들로 가득했다.

방 안에 들어서는 순간 빛이 들어오던 문이 닫혔다.

주변이 어둠에 잠식됐다.

새카만 어둠, 그 안에서 혁련휘의 두 눈동자가 빛을 발했다.

빛 하나 들지 않는 공간. 하지만 혁련휘에게 변하는 건 없었다. 그에겐 방 안의 모든 곳들이 마치 코앞에 있는 것처럼 또렷하게 보였으니까.

혁련휘가 들어서기 무섭게 자그마한 소리가 들려왔다. 그러곤 반대편의 탁자 위편의 틈이 열리더니 이내 벌통 하나가 다시금 모습을 드러냈다.

아마도 반대편에 기관이 설치되어 있어 간단한 조작만으

로 벌통을 계속해서 저 자리로 채워 넣는 모양이다.

그렇지만 혁련휘의 관심사는 벌통이 아니었다.

부웅! 부웅!

시끄럽게 주변을 울리는 흑봉들. 그들은 아직까지 혁련
휘를 노리지 않고 있었다.

가뜩이나 어두운 방에서 새카만 몸통을 지닌 흑봉은 완
벽히 어둠과 동화된 듯싶었다.

오로지 흑봉의 날갯짓만이 가득한 어둠의 공간에 서 있
던 혁련휘의 입이 천천히 열렸다.

"……찾았다."

# 4장. 흑봉

— 골치 아프게 하는군

목표를 발견한 혁련휘는 망설일 것이 없었다. 그가 흑봉들이 가득 날아다니는 공간 사이로 걸어 들어갔다. 아무런 움직임이 없을 때는 가만히 있던 흑봉들은 이내 혁련휘를 목표물로 인식한 모양이다.

주변으로 몰려드는 흑봉들의 기척을 느낀 혁련휘의 손가락 끝에서부터 작은 돌풍이 일기 시작했다.

츠츠츠츠!

손가락에서부터 불기 시작한 바람이 흡사 갑옷처럼 혁련휘를 감싸 안았다. 그리고 정체 모를 그 바람은 혁련휘의 몸 주변만을 미친 듯이 회전했고 그것은 날아드는 흑봉의 침을 완벽하게 막아 냈다.

풍신갑(風神鉀).

혁련휘의 무공 중 하나인 풍신의 기운을 빌어 만들어낸 바람 갑옷이다. 검까지 막아 내는 풍신갑을 흑봉의 침들이 뚫어 낼 리 만무했다.

혁련휘는 쏘아 대는 흑봉의 침에 전혀 영향을 받지 않고 벌통이 있는 곳까지 다가갔다.

탁자 앞에 선 순간 혁련휘의 손이 움직였다.

휘이익!

바람 사이를 비집고 나온 손이 잡아 챈 것은 다름 아닌 허공을 나는 흑봉 중 하나였다. 흑봉은 이미 혁련휘의 손에 맞아 죽었는지 축 늘어져 있었다.

혁련휘는 아무렇지 않게 자신이 잡아 챈 흑봉을 확인했다.

혁련휘가 보는 건 다름 아닌 흑봉의 꼬리 부분이었다. 별 다를 것 없어 보이는 그곳. 하지만 자세히 본다면 이야기는 달라진다.

흑봉의 꼬리 부분에 흰색의 얼룩이 있다.

허나 그것은 얼룩이 아니었다.

글자, 점에 가까울 정도로 조그매서 알아보기 힘들 정도로 작은 글자가 흑봉의 배에 새겨져 있었던 것이다.

혁련휘의 눈에 흑봉의 꼬리에 적힌 글자가 들어왔다.

합격(合格)

앞서 이곳 심사장에 들어왔던 사내가 통과하지 못한 이유였다. 정말로 이 안에서 가지고 나가야 할 것은 벌통이 아닌 바로 이 합격이라는 글자가 박힌 흑봉이었던 게다.

그리고 실제로 방 안에 있는 오천여 마리의 흑봉 중에 열 마리가량의 꼬리에는 이 같은 글씨가 박혀 있었다.

이 흑봉을 가지고 나오느냐 마느냐가 바로 이번 심사의 결과를 정해 주는 것이다.

혁련휘는 너무나 손쉽게 이번 심사의 의중을 알아차렸다.

기본적으로 무공을 익힌 자라면 어둠에서 사물을 보는 것 정도는 할 수 있다. 물론 지금 흑봉의 배에 적힌 글자는 너무 작아 그것 또한 쉽지만은 않겠지만 그래도 어느 정도의 실력만 된다면 불가능한 건 아니다.

그럼에도 불구하고 바로 전에 들어간 자는 이 흑봉의 꼬리 부분에 박힌 글씨를 보지 못했다.

실력이 떨어지는 탓이기도 했지만 더 큰 문제는 바로 당황했기 때문이다.

만약 흑봉에 놀라 눈앞에 있는 벌통만 가지고 도망치지 않았다면 그자라고 해도 흑봉 중 일부에 적힌 글씨를 알아봤을 수도 있다.

허나 그는 그러지 못했다.

눈앞에서 벌어지는 상황에 당황했고, 이에 겁을 먹어 그냥 처음 들었던 대로만 행동했다.

일 차 심사에서 보려고 하는 건 간단했다.

어둠 속에서도 정확하게 사물을 파악할 수 있는 안력과 그를 뒷받침해 줄 수 있는 적절한 수준 이상의 내공.

그리고 어떤 일이 벌어진다 해도 평정심을 유지할 수 있는 사람인가를 판별하는 것이다.

혁련휘는 이미 흑봉을 쥔 반대편 손을 뻗어 벌통을 집어 들었다. 여전히 흑봉들은 성난 듯이 자신들의 영역을 침입한 혁련휘에게 날카로운 침을 들이밀었지만 그는 전혀 다른 곳에 있는 것처럼 여유롭게 두 발로 걸어서 문으로 다가갔다.

그리고 아무렇지 않게 문을 열었다.

동시에 몸을 감싸고 있던 바람이 사라졌다.

열린 문틈으로 빛이 흘러 들어왔고 혁련휘는 무표정한 얼굴로 바깥으로 나가 문까지 직접 닫는 여유를 보였다.

들어갈 때와 하나도 변하지 않은 모습으로 혁련휘가 나

오자 침을 삼키며 보고 있던 다른 이들이 놀란 듯 웅성거렸다.

"너무 멀쩡한데?"

"그냥 나온 거 아냐?"

허나 수군덕거림은 길지 않았다.

혁련휘의 손에 벌통이 있었으니 입구에 서 있다가 그냥 나왔다는 의심을 받을 이유가 없었기 때문이다.

놀란 건 그들뿐만이 아니었다.

부의민조차 놀라 혁련휘의 얼굴을 꼼꼼히 살펴볼 정도였으니까.

"너…… 뭐 이렇게 멀쩡하냐?"

무표정한 혁련휘의 표정도 별로 맘에 들지 않았고, 어제부터 자꾸 거슬리는 행동을 하는 것도 신경을 긁었다. 그랬기에 부의민은 기대했었다.

잘생긴 얼굴이 벌침에 잔뜩 쏘여 망가진 채로 아파하는 모습을 즐거운 마음으로 고대한 것이다.

그런데 밖으로 나온 그는 너무나 멀쩡하다.

그랬기에 자신도 모르게 어떻게 멀쩡할 수 있냐고 묻고야 말았다.

하지만 그런 부의민의 질문에 혁련휘는 손을 내밀며 짧게 말했다.

"확인하시오."

"……."

혁련휘가 내민 벌통. 그것만 보고 부의민이 입을 열려고 할 때였다. 혁련휘의 반대편 손이 열렸다.

그의 손 안에 있는 죽어 있는 흑봉 한 마리를 보는 순간 부의민은 놀란 듯 고개를 치켜들어 혁련휘를 바라봤다.

여전히 무표정한 얼굴로 자신을 내려다보는 혁련휘를 보며 부의민은 입맛을 다셨다. 그가 불만스레 소리쳤다.

"젠장. 합격!"

부의민의 말이 떨어지기 무섭게 사그라졌던 웅성거림이 다시금 커졌다. 혁련휘의 합격에 내심 기분이 가라앉았던 부의민이었기에 곧바로 버럭 외쳤다.

"다들 조용히 안 해! 그리고 이놈에게 어떻게 통과했는지 묻는 놈이 있다면 곧바로 불합격이라는 걸 상기하도록. 그리고 넌 저쪽에서 대기해."

부의민은 혁련휘에게 다른 쪽으로 가 있으라고 말했다. 흑봉에 숨겨진 비밀이 알려지면 이번 심사를 망치기 때문이다.

혁련휘는 말없이 부의민이 가리킨 방향으로 가서 자리했다. 그런 그를 바라보며 부의민은 표정을 구긴 채로 입술을 깨물었다.

이해가 되지 않는 탓이다.

'이상하네. 분명 내가 맡기로 한 이놈들은 탈락조인데…….'

알려지진 않았지만 환영학관에 들어오는 순간부터 이미 심사가 시작된다. 물론 그 심사의 대부분은 문파나 가문에 관련된다.

뛰어나지 않은 문파나 가문에 속한 이들은 따로 분류해서 한 조로 묶는다. 그들은 당연히 심사에서 떨어지는 걸 전제로 한다.

부의민이 맡은 이 조 또한 그랬다.

뛰어난 문파나 가문 소속의 무인도 없고, 무림에 어느 정도 이름을 알린 젊은 고수도 없다. 그저 어중이떠중이들을 모았다 생각했는데…….

서른 명.

지금 이들의 숫자다.

그리고 부의민은 여기 있는 모두가 일 차 심사에서 떨어질 거라 생각했고, 또 그것이 당연했다. 그렇지만 예상치 못하게 혁련휘가 통과해 버린 것이다.

'귀찮게 하는군.'

혁련휘가 통과하게 되면서 부의민의 일이 늘어났다.

그걸 생각하면 못내 씁쓸했지만 이미 벌어진 일. 부의민의 시선이 다른 이들에게로 향했다.

자신의 짜증을 다른 놈들에게라도 풀어야 될 듯싶었다. 어떤 놈을 괴롭혀 줄까 하는 표정으로 남은 이들을 바라보며 부의민이 입을 열었다.

"자, 그럼 다음엔 어떤 놈을……."

"저요."

기다렸다는 듯 손을 번쩍 드는 비설을 보며 부의민은 알 수 없는 불안감을 느꼈다. 하지만 부의민은 애써 고개를 저었다.

우연이든 실력이든 예상치 못한 결과는 한 명이면 족하다.

손을 든 채로 걸어 나온 비설이 문 앞에 섰다.

"흑봉에게 쏘이면 네 곱상한 얼굴이……."

"갑니다!"

불안한 마음을 지우기 위해 어떻게든 위협이 될 만한 이야기를 쥐어짜고 있는데 비설은 그런 그의 말을 자르며 자신만만하게 문을 열고 안으로 뛰어 들어갔다.

부의민은 이상하게 초조했다.

대체 왤까?

그럴 일이 있을 리가 없는데 묘하게 뒷골이 땅긴다.

그리고 부의민은 곧 그 이유를 알 수 있었다.

벌컥.

문을 열며 나온 비설의 얼굴은 방금 전 혁련휘와 마찬가지로 너무나 깨끗했다. 그녀가 웃는 얼굴로 손에 든 벌통을 내밀었다. 그리고 손 안에 보이는 새카만 벌레 하나.

흑봉이다.

흰색으로 합격이라는 글자가 적힌 흑봉을 보며 부의민은 자신도 모르게 손으로 이마를 감싸 안았다.

"하아."

부의민은 짧게 한숨을 내쉬며 하늘을 올려다봤다.

한 명이 통과한 것만으로도 이미 상당히 귀찮아진 부의민이었다. 그런데 둘이라니. 상부에 보고한다면 심사를 어떻게 진행했기에 이 같은 일이 벌어졌냐는 괜한 소리까지도 감수해야 할 게 분명했다.

한숨을 내뱉던 부의민은 이내 중얼거리듯 결과를 말했다.

"합격."

결과를 듣자 비설은 두 손을 붕붕 흔들며 신명 나게 소리쳤다.

"저 통과했어요! 형님!"

비설은 환하게 웃으며 혁련휘를 향해 달려갔다. 하지만 즐거워하는 비설과는 달리 뒤편에서 그런 그녀를 바라보는 부의민의 얼굴에는 수심이 가득했다.

'정말 더럽게도 꼬였네.'

여태까지 이런 일이 아예 없었던 건 아니다.

환영학관이 생기고 십팔 년이라는 긴 시간 동안 단 두 번 정도 탈락조에서도 합격자가 나온 적은 있었다.

하지만 단언컨대 이런 적은 없었다.

탈락조에서 합격자가 나왔다.

그것도 동시에 두 명이나.

*　　　*　　　*

"작작 좀 먹어라."

환야의 말에 음식을 먹고 있던 달치가 슬쩍 고개를 들어 올렸다. 그러고는 이내 관심 없다는 듯 다시금 음식으로 시선을 돌리며 아무렇지 않게 말을 내뱉었다.

"환야 너무 적게 먹는다. 그래서 환야 작다. 많이 먹어야 한다. 그래야 환야 큰다."

"뭐 임마?"

환야가 발끈하며 달치를 노려봤다.

마음 같아서는 뒤통수라도 한 대 세게 때리고 싶었지만 그랬다가는 지금 있는 이 객잔이 먼지가 될지도 모르겠다.

환야는 불만스러운 목소리로 중얼거렸다.

"내가 작은 게 아니라 네가 무식하게 큰 거야."

"주인도 나와 키 비슷하다. 환야만 작다."

"그거야……."

뭔가 반박을 하고 싶었지만 환야는 일순 할 말을 찾지 못했다.

그는 길게 한숨을 내쉬었다.

환야가 그리 작은 키는 아니었다. 단지 주변에 있는 혁련휘와 달치가 너무 클 뿐이라 상대적으로 작게 느껴지는 것뿐이다.

거인 둘 사이에 낀 탓에 얼떨결에 꼬마가 되어 버리니 기분이 뭔가 씁쓸했다.

하지만 그보다 더욱 억울한 건 좀 모자란 달치에게 말싸움에서 진 것 같은 이 상황이다.

"에이! 됐다. 내가 너랑 무슨 말을 하겠냐."

환야는 말을 툭 내뱉고는 이내 손을 뻗어 탁자 위에 올라 있는 과일 하나를 집어 물었다.

둘이 있는 객잔은 꽤나 한산했다. 점심 식사를 할 시간임에도 불구하고 탁자는 반 정도밖에 차지 않았다.

얼마 전까지만 해도 환영학관에 들어가기 위해 온 이들로 북적거렸거늘 이제는 빈방을 찾는 게 어렵지 않을 정도로 여유가 생겼다.

물론 성도라는 마을의 지리적 특성상 환영학관이 아니더라도 찾는 이들이 적지 않은 건 사실이었다. 그랬기에 이름 나거나 대로변에 있는 객잔들은 지금도 꽉꽉 차 있었지만 이곳은 달랐다.

성도 외곽에 있는 만큼 찾는 이가 많지 않은 곳.

사람의 눈을 피해야 하는 입장이기에 둘에겐 이런 곳이 적합했다. 허나 그게 외곽에 위치한 객잔에 머무는 이유의 전부는 아니었다.

의자에 기대어 앉아 있던 환야는 계단을 내려오는 발걸음 소리에 슬쩍 손을 들어 턱을 괴는 척하며 입 부분을 가렸다. 계단을 밟고 모습을 드러낸 이는 사십 대의 중년 사내였다.

까칠까칠하니 수염이 난 턱, 그리고 어디서나 볼 수 있을 정도의 평범한 외모.

전혀 특별하지 않은 그자를 확인한 환야의 눈동자가 빛났다.

'드디어 움직이는군.'

애초부터 이 객잔에 머문 가장 큰 이유가 바로 저자 때문이다. 언제 움직이나 감시하고 있던 그자가 마침내 몸통을 드러낸 것이다.

봇짐 하나를 진 그는 객잔 내부를 한 번 가볍게 훑고는 바깥으로 걸어 나갔다. 그때까지 턱을 괸 채로 있던 환야는 달치가 앉아 있는 의자를 발로 툭툭 쳤다.

식사에 열중하던 달치가 다시금 고개를 슬쩍 들어 올렸을 때다.

성이 난 그의 표정을 보며 환야가 고갯짓을 했다.

"대장이 쫓으라 했던 놈이 나왔어. 가자."

화를 낼 것 같던 달치가 혁련휘 이야기가 나오자 곧바로 들고 있던 젓가락을 내려놨다. 그는 팔로 입가를 닦아 내며 곧바로 자리에서 벌떡 일어났다.

둘은 그대로 객잔 문을 열고 바깥으로 나왔다. 그리고 객잔을 나가 주변을 살피자 어느 정도 떨어진 거리에서 걸어가는 중년 사내의 뒷모습이 잡혔다.

환야가 짧게 말했다.

"저쪽으로."

달치는 고개를 끄덕이며 환야와 나란히 선 채로 걸음을 옮겼다. 둘은 적당한 거리를 벌린 채로 그자의 뒤를 쫓았다.

적당한 걸음걸이로 어딘가를 향해 부지런히 움직이던 중년 사내는 이내 성도에 있는 어느 장원으로 걸어 들어갔다.

그의 뒤를 쫓던 둘은 빠르게 장원의 문을 통해 안으로 잠입했다.

그런데…….

먼저 들어간 중년 사내의 모습이 보이지 않는다.

환야와 달치가 장원 한가운데 우뚝 서 있을 때였다.

타앙!

주변에 있는 건물들의 문이 동시에 열렸다. 그리고 그 안에서는 기다렸다는 듯이 삼십여 명에 달하는 거한들이 모습을 드러냈다.

하나같이 흉포한 기운을 뿜어내는 자들이 단번에 환야와 달치 둘을 포위하는 형상이 되어 버렸다.

이내 닫혀 있는 방문 하나가 열리며 낯익은 얼굴이 나타났다. 방금 전까지 둘이 쫓고 있는 중년 사내였다.

그가 기분 좋게 웃었다.

"푸하하! 네깟 놈들이 날 쫓는 걸 모를 거라 생각했느냐? 객잔에서부터 날 주시하는 것도 이미 다 알고 있었느니라. 그렇게 대놓고 얼굴을 가리는데 못 알아차릴 바보가 어디 있겠느냐!"

신이 나서 웃는 그를 환야와 달치는 말없이 바라봤다. 수십 명의 거한들에게 둘러싸여 있지만 둘에게선 전혀 동요하는 기색이 느껴지지 않았다.

그런 둘을 향해 중년 사내가 말을 이었다.

"어디 소속이냐? 어떤 놈들이기에 이렇게 쓸모없는 놈들에게 내 감시를 붙였는지 궁금하군그래."

연달아 말을 내뱉었지만 둘은 그저 묵묵히 중년 사내를 바라만 볼 뿐이었다.

순순히 밝힐 생각이 없다 여겼는지 그는 모습을 드러낸 거한들을 향해 가볍게 신호를 보냈다. 어차피 잡아서 팔다리를 하나씩 부수다 보면 제깟 놈들이 뭘 어쩐단 말인가.

결국 고통을 이기지 못하고 정체를 불 건 자명한 노릇.

중년 사내의 신호에 거한들 중 가장 덩치가 큰 자가 성큼 앞으로 걸어 나왔다. 그는 재미있다는 듯 달치를 바라봤다.

커다란 근육이 드러난 팔뚝과 말도 안 되게 커다란 도끼까지. 한눈에 봐도 힘깨나 쓰게 생긴 달치를 향해 손을 '두둑' 거리며 다가갔다.

"덩치 하나는 좀 있다만…… 과연 그 근육이 내 앞에서도 쓸모가 있는지 한번 볼까?"

그가 달치를 향해 다가오며 가볍게 목을 꺾고 있을 때였다. 달치의 몸이 비틀리며 동시에 주먹이 뻗어져 나갔다.

뻐엉!

달치의 주먹이 안면에 틀어박힌 거구의 사내는 그대로 회전하더니 땅에 고꾸라지며 오히려 튕겨져 올랐다.

가죽 터지는 소리에 희희낙락하고 있던 이들의 얼굴이

딱딱하게 굳었다.

단 한 방.

그렇지만 그 한 방에 분위기가 돌변했다.

어떻게 사람이 사람을 쳤는데 저런 소리가 나고, 게다가 땅에 그냥 쓰러진 것도 아니라 바닥에 충돌하고 난 이후에 허공으로 튕겨져 오르기까지 한단 말인가.

모두를 기겁하게 만든 달치가 태연하게 입을 열었다.

"나 아직 배고프다."

배가 고프다는 달치의 말에 환야가 못 말리겠다는 듯 고개를 절레절레 저으며 대답했다.

"금방 끝나니까 이 일 다 끝내고 먹어."

"뭐 이런 자식들이……."

갑작스러운 상황에 당황했던 이들 중 하나가 허리에 찬 검에 손을 가져다 대며 입을 열 때였다.

휘리릭!

환야의 소매 속에서 나온 비수 두 자루가 그의 검지에 걸린 채로 화려하게 회전했다. 그의 비수는 보통 것과는 조금 달랐다. 그 크기가 일반적인 비수들에 비해 조금 더 컸고, 손잡이 부분에는 손가락을 걸 동그란 구멍이 있다.

검지에 걸린 채로 빠르게 회전하던 비수 두 자루 중 하나가 환야의 손을 떠났다.

쒜에에엑! 퍽!

비수는 정확하게 목표에 적중했다. 그리고 비수에 맞은 자는 채 검을 뽑아 들기도 전에 그대로 쓰러졌다.

중년 사내는 눈으로 보고도 지금의 상황을 믿기 어려웠다.

기척도 제대로 감추지 못하고 자신의 뒤를 쫓던 놈들이 아닌가. 그런데 이런 상황에서 전혀 동요하지 않고 수하 둘을 단 일격에 끝내 버렸다.

형편없는 추적술에 맞지 않는 엄청난 무공.

이건 말에 되지 않는다.

그제야 중년 사내는 느낄 수 있었다.

무엇인가 잘못되고 있다는 것을.

그 순간 환야가 입을 열었다.

"여기서 문제 하나 내지."

"무, 문제라니?"

"과연 우리가 너희들에게 들킨 걸까 아니면…… 일부러 들켜 준 걸까? 그리고 만약 정답이 후자라면 너희는 어떻게 될까?"

"……."

중년 사내는 당황한 얼굴로 선뜻 대답하지 못했다.

자신이 감시를 알아챈 것이 아니라 상대가 오히려 들켜

준 거라고?

대체 왜?

허나 이내 사내의 머리에 한 가지 생각이 밀려들었다.

'설마!'

감시를 당하는 걸 알아차렸다. 그리고 자신을 쫓는 자들의 능력이 그리 뛰어나지 않다고 판단했다. 그랬기에 그는 자신의 뒤를 봐주는 자들을 이곳 장원으로 불러 모았다. 눈앞에 있는 바로 이들을 잡기 위해서.

그런데 그게 실수였다.

애초부터 이들이 노린 건 자신만이 아니었던 것이다. 오히려 자신을 이용해 뒤편에 있는 자들까지 모두 끌어내는 게 이들의 목적이었다.

이들의 술수에 중년 사내는 완벽하게 놀아나 버렸다.

말이 쉽지 간단하지 않은 일이다. 뒤에 누가 있는지 알지도 못하면서 이 같은 일을 벌일 수 있다는 건 그만큼 자신들의 실력에 자신감이 있어야만 가능하다.

자신이 완벽히 속았다는 사실에 당혹하여 정신을 수습하지 못하고 있을 때였다.

그를 바라보던 환야의 손이 갑자기 움직였다. 비수 한 자루가 멀리에 있는 거한 중 하나의 목을 꿰뚫었다.

사내의 낯빛이 더더욱 흐려졌다.

중년 사내의 볼에서 얇은 핏줄기 하나가 흘러내렸다. 자신을 스치고 지나가 수하의 숨통을 끊었다. 그런데 문제는 날아가는 비수의 섬광조차 보지 못했다는 거다.

그가 덜덜 떨고 있을 때였다.

환야가 손가락에 건 비수를 빙글빙글 돌리며 입을 열었다.

"뭘 고민하고 그래. 그냥 다 뒈지는 거지."

환야가 씨익 웃었다.

\*  \*  \*

커다란 방은 휑했다.

몇 시진 전까지만 해도 서른 명의 인원들이 기거하던 곳이다. 그러던 방에 이제는 단둘만이 자리하고 있었다.

혁련휘와 비설이다.

심사를 통과한 둘만 이곳에 남을 자격을 얻었고 나머지 스물여덟 명의 무인들은 곧바로 쫓겨나다시피 환영학관을 떠나야만 했다.

쫓겨나는 그들의 꼴은 대부분 엉망이었다.

흑봉에 당해 퉁퉁 부었거나, 아니면 그런 모습에 겁을 집어먹고 아예 처음부터 포기한 이들도 부지기수다.

물론 이런 상황이 벌어진 것은 비단 이 방만의 일은 아니었다.

탈락조들로 이루어진 조들은 전멸이라 불러도 좋을 정도로 모두 일 차 심사에서 떨어져 버렸고, 다른 조들도 상황은 크게 다르지 않았다.

일반적으로 일 할 정도의 인원만이 통과한다는 일 차 심사. 가장 까다롭고 난해한 심사였기에 대부분의 무인들은 걸러진 상태였다.

일 차 심사를 통해서 이미 어느 정도 합격의 윤곽이 정해진다.

일 차 심사를 통과한 이들은 최소한 일류 수준의 무인은 된다는 소리고, 그들은 그 이후 이 차와 삼 차 심사를 본 이후 정식적으로 환영학관에 입관하게 된다.

일 차 심사에서 구 할 가까이 떨어지는 것에 비해 이 차와 삼 차를 통해 떨어지는 인원은 합쳐서 삼 할에서 사 할 정도밖에 되지 않는다.

물론 그 또한 큰 확률이긴 하지만 일 차 심사에 비한다면 여유 있는 수준이다.

단둘만이 남겨진 방은 조용했다.

먼저 입을 잘 열지 않는 혁련휘를 향해 비설이 몇 차례 조심스레 말을 걸긴 했지만 단답형의 대답만 돌아올 뿐이었다.

그러니 자연스레 대화는 없어졌고 둘 모두 각자 휴식을 취하며 시간을 보내게 된 것이다.

그런 둘 사이의 적막을 깨 준 건 다름 아닌 부의민이었다.

부의민은 한층 지친 얼굴로 방에 얼굴을 드러냈다. 낮과는 너무나 달라진 모습에서 그가 엄청난 고초를 겪었다는 걸 알 수 있었다.

부의민은 방에서 태평한 모습으로 앉아 있는 둘을 보며 슬쩍 표정을 구겼다.

저 두 놈들 때문에 지금 자신이 얼마나 깨지고 왔는지는 이루 말로 표현하기 힘들 정도였다.

전혀 알려지지 않은 두 명이 일 차 심사를 통과했다. 물론 그만큼 실력자일 수도 있지만 상부에서는 이 일을 부의민의 과오로 보고 있는 것이다.

하나면 몰라도 둘씩이나 탈락조에서 합격자가 나온다는 건 확률상으로 높지 않다. 당연히 부의민이 심사 과정에서 뭔가 실수를 했다는 쪽으로 이야기가 흘러간 건 당연했다.

심지어 돈을 받고 심사 내용을 유출한 게 아니냐는 의심까지 받았다.

뭔가 사전에 심사의 내용을 알았거나, 요행으로 통과한

것이라면 이 차나 삼 차 심사를 통해 걸러지겠지만 그것도
문제다.

만약 그렇게 된다면 정말 일 차 심사에서 자신이 잘못한
꼴이 되어 버리니까.

상황이 이렇게 되다 보니 울며 겨자 먹기로라도 이들이
모두 환영학관의 심사를 통과하기를 바라야 하는 입장이
되어 버렸다.

자신이 왔는데도 불구하고 멀뚱멀뚱 바라만 보는 두 사
람을 보며 부의민은 가볍게 한숨을 내쉬었다.

'하아, 맘에 안 드는 자식들.'

처음부터 눈 밖으로 났던 놈들만 덜렁 남은 이 상황이 못
내 맘에 안 든다. 그렇지만 이미 한 배를 탄 신세.

부의민이 입을 열었다.

"저녁 식사 시간이다. 가자."

그의 말에 자리에 앉아 있던 두 사람이 몸을 일으켰다.
아직은 내부를 함부로 돌아다닐 수 없는 상황인지라 식사
시간에는 부의민과 함께 움직였다.

둘은 그렇게 부의민의 안내를 받으며 익숙하게 환영학관
내부의 식당으로 들어섰다. 많은 이들이 떨어져 나갔기에
식당이 한산할 거라 생각했는데 사람의 숫자는 그리 줄어
들지 않았다.

빈자리를 찾기 어려울 정도로 많은 인원들.

그게 이상했는지 비설이 물었다.

"일 차 심사가 끝났는데도 숫자가 왜 이렇게 많습니까?"

"원래 점심까지는 시간을 나눠서 입관 신청자들과 재학생들의 식사를 따로 준비한다. 그런데 이제 일 차 심사가 끝나서 숫자도 많이 줄어 시간을 합친 거고."

"아, 그렇군요."

귀찮다는 듯이 내뱉는 부의민의 말에 비설이 고개를 끄덕였다. 부의민은 대충 자리를 잡기 위해 빈자리가 어디 없나 찾아보고 있을 때였다.

누군가가 이들을 향해 헐레벌떡 다가왔다.

부의민은 다가온 자의 얼굴을 확인하고는 슬쩍 표정을 구겨 보였다. 상대는 비슷한 연배로 보이는 사내로 이곳 환영학관 소속 무인 중 하나인 장태방이라는 자였다.

그가 손을 들어 올리며 말을 걸었다.

"어이, 부의민."

"왜?"

"이번에 사고 한번 거하게 쳤다면서. 아아, 지금 뒤에 있는 둘이 그 주인공들인가?"

조롱 섞인 말투에 부의민은 이를 갈았다. 하지만 괜히 말을 섞고 싶지 않았는지 대충 무시하고 장태방을 지나쳐 가려고 할 때였다.

"거 이번 심사 덕분에 뒷돈 좀 챙겼다는 소문도 있던 데…… 짭짤하겠어?"

"……네가 단단히 미쳤구나."

부의민의 심드렁한 표정에 살기가 서렸다. 그의 손이 당장이라도 허리에 차고 있던 검을 뽑아 들려고 할 때였다.

장태방 또한 그런 분위기를 눈치챘는지 능글맞게 웃으며 말을 돌렸다.

"부학장님이 찾으신다. 따라와"

검집에 손을 가져다 댔던 부의민은 그 한마디에 살기를 거둘 수밖에 없었다. 그런 부의민을 바라보며 장태방이 슬쩍 고갯짓을 했다.

이 층으로 되어 있는 식당.

그리고 이 층은 환영학관의 높은 이들만 쓸 수 있는 장소였다. 항상 사람들이 득실거리는 일 층과는 달리 몇몇 소수의 인원만 쓸 수 있는 이 층은 한적했다.

그렇지만 그 이 층 난간에 서 있는 인물 하나.

환영학관의 부학장 단노백(丹露白)이라는 자다.

눈이 마주친 부의민은 먼저 가볍게 포권을 취하고 예를 갖추고는 이내 등을 보이고 걸어가는 장태방을 곁눈질했다.

부의민이 가만히 서 있는 혁련휘와 비설을 향해 말했다.

"알아서 식사들하고 끝나는 대로 곧바로 방으로 가서 대기해. 쓸데없이 환영학관 내부 돌아다니지 말고."

"알겠습니다."

비설이 대답하자 부의민은 곧바로 장태방의 뒤를 쫓아 이동했다. 순식간에 멀어져 가는 부의민을 바라보며 비설이 입을 열었다.

"뭔 일이 있나 본데요?"

옆에 있는 혁련휘를 향해 말을 걸었지만 그가 대답이 없자 비설이 시선을 돌렸다. 그리고 그때 혁련휘의 시선은 다른 곳으로 향해 있었다.

'독비천검(獨臂千劍) 단노백.'

환영학관의 부학장으로 이름 꽤나 알려진 고수다.

오십 대 중반으로 다소 마른 체형에 인자한 미소를 항상 입에 머금고 있는 인물. 하지만 그 미소 뒤로 감당하기 힘들 정도의 권력욕을 지니고 있는 자이기도 했다.

그리고 그는 혁련휘의 감시 대상 중 하나였다.

때마침 아래쪽을 살피던 단노백의 시선이 혁련휘와 마주쳤다. 물러설 줄 모르는 혁련휘의 눈빛과 마주치는 순간 단노백의 표정이 슬쩍 불쾌하다는 듯 일그러졌다.

둘의 시선이 허공에서 충돌하는 그 순간이었다.

"형님? 뭘 그렇게 보십니까?"

"별거 아니야."

옆에 서 있는 비설의 목소리에 정신을 차린 혁련휘는 시선을 돌렸다. 목표물이긴 하지만 아직은 때가 아니었다.

'이 정도면 인사는 나눈 것 같군.'

지금은 이걸로 충분했다.

그렇게 혁련휘가 남모르게 목표물을 확인하는 사이 비설은 빈자리를 찾았다. 그리고 이내 그녀의 시선에 좋은 자리가 들어왔다.

비설은 황급히 혁련휘의 소매를 잡아당기며 급한 어투로 말했다.

"빨리 챙겨서 가요. 저쪽에 괜찮은 자리가 통째로 비어 있다고요."

혁련휘는 얼결에 비설에게 끌려가다시피 움직여야만 했다. 그는 자신을 이리저리 끌고 다니는 비설의 손길을 딱히 거부하지 않았다.

비설은 준비된 음식을 보며 눈을 빛내고 있었다.

산에서 살다 내려온 그녀에게 환영학관의 음식은 새로운 세상이었으니까.

"우와, 매번 느끼지만 진짜 장난 아니네요."

비설은 앞에 놓여 있는 접시들을 빠르게 집어 들었다. 양손으로 들기 힘들자 손가락 사이에 접시를 끼는 기행까지 선보이며 비설은 먹고 싶은 것을 챙겼다.

그에 비해 혁련휘가 집은 것은 소면 한 그릇과, 간단한 야채 볶음이 전부였다.

잔뜩 접시를 든 비설이 혁련휘의 옆에 와서 섰다.

"겨우 그거 드시고 힘이 나세요?"

"네가 너무 먹는 거라 생각되는데."

"따로 밥값을 받는 것도 아닌데 많이 먹어야죠. 이게 남는 거라니까요?"

밝게 웃으며 말하는 비설을 혁련휘는 가만히 바라봤다.

하지만 선 채로 이야기는 길어지지 않았다.

비설이 빈자리를 확인하며 빠르게 재촉했다.

"빨리 가요."

비설을 따라 이동한 곳은 식당 중앙 부분에 위치한 자리였다.

일반적으로 중앙에 위치해 있으면 주변이 북적거리기 마련인데 이 자리는 그렇지 않았다. 오히려 주변의 자리와 널찍이 띄어 놓아, 식사와 이동하는 것도 용이하게 만들어 뒀다.

비설은 양손에 들린 음식이 든 접시들을 탁자 위에 턱 하고 소리가 날 정도로 내려놓았다. 그녀가 널찍한 자리를 보며 신이 나는 듯이 말했다.

"꽉꽉 차 있는데 이상하게 여기만 비어 있네요? 어때요? 이 아우 좀 쓸 만하지 않습니까, 형님?"

자랑하듯 말하는 비설의 말을 들으며 혁련휘는 고개를 끄덕였다.

"괜찮네."

시끌벅적한 걸 싫어하는 혁련휘였기에 지금 자리는 마음에 들었다. 주변과 조금 거리가 있는 것도 그렇고 꽤나 긴 탁자가 텅텅 비어 있는 것도 마음에 든다.

자리에 앉은 비설이 젓가락을 들며 말했다.

"이렇게 넓은 자리가 비어 있는데 왜 서서들 기다리는지 모르겠네요. 설마 여기가 안 보였나? 이상하네."

비설은 고개를 갸웃했지만 이내 관심 없다는 듯 음식을 먹기 시작했다.

지금 식당에는 적지 않은 숫자의 무인들이 빈자리가 나기를 기다렸다. 그에 반해 이곳에는 스무 석 가까이 자리가 있었다.

처음엔 앉으면 안 되는 자리인가 싶기도 했지만 듣기로 일 층 식당은 환영학관에 들어온 자라면 아무나 사용이 가능하다 들었다.

고위층 간부들은 이 층을 이용하기에 일 층은 온전히 학관 학생들의 것이었다.

그랬기에 비설은 망설이지 않고 이곳에 자리했다.

맛있게 음식을 먹고 있던 비설은 챙겨 온 만두 하나를 입에 넣고 씹으며 중얼거렸다.

"다 괜찮은데 이 만두 하나는 아쉽단 말이야."

환영학관의 음식은 썩 괜찮은 편이다. 만두 또한 마찬가지다. 그렇지만 만두귀신이라 불릴 정도인 그녀에게 이 정도 만두는 그리 만족스럽지 않은 모양이다.

만두를 먹던 그녀의 시선이 자연스레 앞에 앉아 소면을 먹고 있는 혁련휘에게 향했다.

그는 무표정한 얼굴로 묵묵히 소면을 입에 집어넣고 있었다. 그 모습을 보고 있자니 처음 만난 날이 생각났는지 비설이 괜스레 입술을 비죽거렸다.

그런 비설의 시선을 눈치챈 혁련휘가 소면으로 향했던 시선을 돌리며 미간을 찡그렸다.

"뭐야?"

"아니, 갑자기 진품만두 맛있게 드셨나 해서요."

"그게 왜 궁금하지?"

"전에 처음 뵀을 때 말했잖아요. 제 평생소원 중 하나가 바로 그 진품만두를 먹는 거였다고요. 듣기론 고기와 야채의 비율이 환상적이라 입에 넣는 순간 씹는 맛부터 완전히 다르다던데 맞아요?"

말을 하면서 침이 고이는지 비설이 눈을 빛냈다.

그렇지만 돌아온 대답은 비설을 당황하게 했다.

"모르지. 안 먹었으니까."

"안 먹어요? 그렇게 많이 사 가셨잖아요."

"사 가면 꼭 먹어야 해?"

"그, 그렇긴 하지만……."

돌아온 혁련휘의 대답에 비설은 일순 당황해서 중얼거렸다. 그의 말대로 사 간다고 반드시 먹어야 할 건 아니었다. 다만 그게 자신이 그토록 먹고 싶어 하던 진품만두라 문제일 뿐이다.

비설은 울상을 지어 보였다.

"제가 그렇게 하나만 달라고 빌었는데도 안면 몰수하시고 휙 가 버리시더니 그걸 안 드셨다뇨. 그럴 거면 하나라도 주고 가시지."

"내가 산 건데 어떻게 하든지는 내 마음 아닌가?"

"으윽."

혁련휘의 말에 비설은 또 다시금 말문이 막혔다.

그런 그녀를 바라보며 혁련휘가 귀찮다는 듯 손으로 비설 앞에 놓인 음식을 가리키며 말했다.

"자꾸 떠들지 말고 앞에 있는 거나 먹어. 어떻게 먹을 걸

먹으면서 다른 먹을거리를 생각하는지 모르겠군."

비설은 그날 먹지 못한 진품만두가 눈앞에 떠다니는 것만 같았지만 지금 와서 어떻게 할 수 없는 노릇이다.

진품만두 생각에 속이 쓰렸지만 비설은 이내 혁련휘의 말대로 다시금 식사를 시작했다. 음식을 먹던 비설은 따끔거리는 뒤통수를 느끼고는 슬쩍 주변을 둘러봤다.

가볍게 주변을 훑었을 뿐인데 자신을 향해 있는 적지 않은 눈빛들을 확인할 수 있었다.

이 정도라면 우연이라 말하기도 우습다.

저들은 지금 이쪽을 보고 있었다.

조용한 학관 생활을 목표로 하는 비설이었기에 지금의 이 시선은 부담스럽기 그지없었다. 그녀가 괜스레 몸을 움츠리며 말했다.

"그런데 왜 이렇게들 힐끔거린데요?"

"글쎄. 네가 너무 많이 먹어서 신기한 모양이지."

"설마요."

혁련휘의 말에 그럴 리 없다는 듯 말하면서도 내심 뜨끔했는지 비설은 어서 이곳을 뜨려는 듯 서둘러 음식을 먹어 댔다.

비설이 게 눈 감추듯 접시를 비워 가고 있을 때였다.

"어이."

옆에 누군가가 온 것은 이미 알고 있었던 바다. 다만 빈 자리 중 하나에 앉으려 한 자라 생각했을 뿐이다. 그런데 생각지도 못하게 다가온 자가 말을 걸어 왔다.

혁련휘와 비설이 시선을 돌린 곳에는 세 명의 인물들이 자리하고 있었다. 두 명의 사내, 그리고 한 명의 여인.

모극일, 모양의 형제와 방약란이라는 여인이었다.

그리고 이 셋은 이번에 입관 신청자가 아니라 이미 이곳 환영학관을 다니고 있는 재학생들이다.

한마디로 셋은 한 기수 위의 인물들이었다.

갑작스러운 셋의 등장에 비설이 아리송한 표정을 짓고 있을 때였다.

둘을 바라보던 모극일이 표정을 구겼다.

그는 여인들에게 인기 있는 얼굴이 아니었다. 피부도 좋지 않았고, 얼굴도 못생겼다. 코도 크고 눈도 작아서 평소 외모에 심한 열등감을 지니고 있다.

그랬기에 원래 잘생긴 외모의 것들은 싫어하는 그였는데…….

혁련휘와 비설을 보니 절로 기분이 나빠졌다.

한 놈은 너무 잘생겼고, 다른 놈은 여인 같이 곱상하니 예쁘게 생겼다. 환영학관에 잘난 사내들이 무수히 많이 있지만 눈앞에 있는 이 둘만큼 빼어난 외모를 지닌 자들은 본

적이 없다.

'치잇, 재수 없게들 생겼네.'

모극일은 슬쩍 뒤에 있는 방약란을 바라봤다.

나름 예쁘게 생긴 그녀는 모극일이 오랫동안 마음에 둔 여인이다. 그런 여인 앞에서 힘을 줄 기회라 생각했는지 모극일이 짐짓 헛기침을 하며 말했다.

"험험, 처음 보는 걸 보니 분명 이번 입관 신청자 같은데, 둘 다 어디 소속이냐?"

질문에 비설이 대답했다.

"아, 저는 정파 소속이고, 여기 계신 형님은 마교 소속이십니다."

"하하, 그래? 넌 정파 놈이라 이거지?"

뭔가 의미심장한 말이 이어지는 그때였다. 모극일은 곧바로 탁자 위에 있던 찻잔을 들어 비설의 얼굴에 뿌렸다.

주르륵.

찻물이 비설의 얼굴을 타고 천천히 흘러내렸다.

식었기에 망정이지 뜨거운 것이었다면 화상을 입었을지도 모르는 행동. 그렇지만 모극일의 그 행동에 뒤에 있던 두 사람도, 식당 내부에 있는 다른 이들 또한 나무라거나 말리지 않았다.

비설은 손을 들어 가볍게 얼굴에 흐르는 찻물을 쓸어내

렸다. 불쾌한 일을 당했음에도 불구하고 비설의 얼굴에는 분노가 느껴지지 않았다.

피할 수 있었다.

그렇지만 주목 받고 싶지 않아 피하지 않은 것뿐이다. 그것도 모른 채 모극일은 한층 흥이 난 목소리로 말했다.

"어떠냐. 이제 정신이 번쩍 들겠지?"

"제가 무슨 잘못이라도 한 겁니까?"

"이 자리에 앉은 것이 바로 너희들의 잘못이다. 이 탁자는 너희 같은 어중이떠중이들이 앉을 수 있는 자리가 아니거든."

그제야 비설은 상황을 얼추 파악할 수 있었다.

정확한 거야 알아봐야 알겠지만 아마도 이 탁자는 누군가의 지정석인 듯싶다. 그리고 이 자리의 주인들은 아마도 환영학관 내부의 실세들일 테고.

비설은 가볍게 머리를 털었다.

시끄러운 일이 벌어지는 건 질색이기에 비설이 오히려 사과했다.

"아직 전해 듣지 못해서 몰랐군요. 앞으로 주의하겠습니다."

말을 마친 비설이 의자에서 일어났다.

잘 참고는 있었지만 이런 기분으로 마저 식사를 할 정도로 바보는 아니니까.

하지만 시비를 건 모극일은 이 재미있는 장난감을 바로 보내 줄 생각이 없는 듯싶었다. 그가 앞을 가로막아 섰다.

"아직 말이 안 끝났는데 어딜 가려고?"

"잘 몰라서 저지른 일이고 사과까지 했는데 이걸로 안 되는 겁니까?"

"되고 안 되고를 정하는 건 네가 아니지."

모극일의 말에 동생인 모양의와 방약란은 재미있다는 듯 웃음을 흘렸다.

식당 내부의 모든 시선은 이미 이곳으로 몰려 있었다. 그런 모두의 시선을 받자 우쭐해진 모극일이 어깨에 힘을 주며 말했다.

"아직 신입생도 안 되는 놈들이니 모를 수 있다. 하지만 그래도 정파 놈이 그러면 안 되지. 정파 놈들은 모르는 것도 죄가 되니까. 너희 같은 놈들이 앉았던 더러운 의자를 다시 쓸 순 없는 것 아니겠느냐? 겨우 식은 찻물로 닦아 내기엔 너희들이 있던 자리는 더럽기 그지없거든."

정파를 조롱하는 말에 식당 곳곳에서 불쾌한 표정을 지어 보이는 이들이 모습을 보였다. 정파의 무인들이다.

하지만 그들은 나서지 못했다.

정파 자체가 힘을 잃은 세상. 그들로서는 마교 소속인 모극일에게 불만을 드러내는 것도 그리 쉬운 일은 아니었다.

모극일이 무서운 게 아니다. 그의 뒤에 있는 존재. 그 존재가 걸릴 뿐이다.

모극일은 옆에 있던 찻잔을 들어 올렸다.

그것은 막 따랐는지 연기가 풀풀 올라올 정도로 뜨거웠다. 그가 뜨거운 찻잔을 든 채로 잔인하게 웃어 보였다.

"역시 더러운 걸 소독하려면 뜨거운 물로 해야지?"

마음에 안 들던 곱상한 얼굴까지 뜨거운 찻물로 망가트려 버리려는 듯 모극일이 다가왔다. 그리고 상황이 이렇게 흐르자 비설 또한 가만히 있을 순 없었다.

저 정도 뜨거운 찻물이야 내공을 조금만 움직여도 버텨낼 수 있다. 다만 너무나 멀쩡한 모습을 보인다면 과연 그냥 넘어갈까?

아니, 분명 멀쩡한 모습만으로도 다시금 화를 돋게 만들 것이다. 괜히 눈에 띄고 싶지도 않았고 시끄러운 다툼에 휘말리는 것도 사양이었다.

그녀의 머리가 빠르게 회전했다.

'그냥 때려눕힐 수도 없고······.'

어떻게 해야 할까? 찻잔을 살짝 밀어내며 손 정도 데는 선에서 마무리 짓는 게 가장 현명한 선택이 아닐까?

재빠르게 결론을 내린 비설이 눈을 찔끔 감고 찻잔으로

손을 움직이려 할 때였다. 혁련휘의 입이 슬며시 열렸다.

"어이."

혁련휘의 한마디에 비설을 향해 다가가던 모극일의 손이 멈췄다. 그가 입꼬리를 비틀며 시선을 돌렸다.

"어이? 지금 날 부른 거냐?"

"튀었다."

"뭐?"

"내 바지에 물이 튀었다고."

여전히 의자에 앉아 있던 혁련휘는 자신의 무릎 부분에 튄 물을 가리키며 말했다. 그런 그의 모습에 모극일이 기가 차다는 듯이 코웃음을 쳤다.

"하! 그래서 어쩌라고? 네놈도 여기 정파 놈처럼 손 좀 봐주랴? 이 새끼가 그래도 마교 소속이라기에 좀 봐줬더니 하늘 높은 줄 모르고……."

모극일이 성큼 다가올 때였다.

혁련휘의 발이 빠르게 바닥을 쓸었다.

휘익!

다가오던 그는 혁련휘의 발에 쓸려 넘어지며 그대로 바닥에 무릎을 꿇는 형상이 되고야 말았다.

쿠웅.

소리 나게 무릎을 꿇어 버린 모극일이 붉어진 얼굴로 황급히 자리에서 일어나려고 할 때였다. 혁련휘의 손이 그의 어깨를 짓눌렀다.

"크윽."

일어날 수 없었다.

그저 한 손에 눌리고 있을 뿐이거늘 아무것도 할 수가 없다.

어깨의 뼈가 부서질 것처럼 아팠고, 온몸의 기운이 쫙 빠진다. 그랬기에 모극일은 모두가 보는 앞에서 혁련휘 앞에 무릎을 꿇고 있어야만 했다.

식당에 있던 모든 이들에게 이런 한심한 꼴을 보이고야만 것이다.

악에 찬 듯 모극일이 입을 열었다.

"너, 너 이 자식 내가 누군지 알고……."

"네가 누군지는 관심 없고."

혁련휘가 더욱 강하게 어깨를 움켜잡으며 차가운 목소리로 말했다.

"닦아."

# 5장. 주자악

— 꼭 합격해라

웅성웅성.

갑자기 벌어진 일련의 사건들로 인해 식당이 술렁였다. 아무것도 모르는 입관 신청자 두 명이 앉아선 안 될 자리에 앉았다. 그리고 이내 모습을 드러낸 모극일이 그런 둘에게 시비를 걸었다.

여기까진 자연스러운 모습이었다.

그런데 그 이후의 벌어진 일은 식당에 있는 이들을 당황케 했다. 생면부지의 사내 하나가 모극일을 무릎 꿇리고 손으로 내리누르고 있었다.

분노로 얼굴이 붉어진 모극일.

이건 보통 일이 아니었다.

모극일 하나만 두고 본다면 별로 대단한 자는 아니었지만, 그는 환영학관의 실세들과 연관이 있는 인물이다.

그 말은 곧 그를 건드렸다가는 실질적인 학관 내부의 실세들과 척을 질 수 있는 상황이라는 거다.

모두가 그 같은 일에 대해 염려하고 있었지만 정작 당사자인 혁련휘는 손에 힘을 풀 생각이 없어 보였다.

"이익!"

모극일은 어떻게든 어깨를 움켜잡고 있는 혁련휘의 손을 떼어 놓으려 했다. 하지만 양손을 써도 어깨를 움켜쥐고 있는 혁련휘의 손은 미동조차 하지 않았다.

모극일의 동생인 모양의가 화가 난 목소리로 말했다.

"그 손 놓지 못하겠느냐!"

"닦으면 놔준다니까?"

혁련휘의 말에 모극일이 고통을 참으며 목소리를 쥐어짰다.

"네, 네깟 놈의 말을 들을 것 같더냐?"

"그럼 어깨가 으스러지든가."

대수롭지 않다는 듯 말을 내뱉은 혁련휘가 손에 더 힘을 주었고, 참지 못한 모극일이 비명을 토해 냈다.

"악악!"

볼썽사나운 모습으로 비명을 질러 대는 모극일의 모습에 보고 있던 다른 이들은 눈살을 찌푸렸다. 평소 그에게 좋은 감정을 가진 이는 그리 많지 않았다.

심지어 마교의 무인들조차 좋아하지 않는 사내.

그가 바로 모극일이다.

하지만 선배인 그가 당하고 있는 걸 그냥 두고 볼 수만도 없었다. 그건 위신의 문제였으니까.

하나둘씩 주변에 있던 이들이 자리에서 일어났다.

아직 학관에 입관도 못 한 놈에게 우스운 꼴을 보일 순 없었다.

혁련휘 또한 그런 움직임을 감지했지만 요지부동이었다. 그런 상황에 오히려 안절부절못하는 건 비설이었다.

"형님. 그만하시죠."

비설의 만류에도 혁련휘는 대꾸조차 하지 않았다.

주변으로 다른 이들이 다가왔다. 더는 혁련휘의 행동을 두고 보지 않겠다는 듯이.

순식간에 혁련휘가 포위된 그때였다.

"그만."

한마디에 움직이던 모든 이들이 멈췄다.

그리고 이내 가로막고 있던 길이 약속이라도 한 것처럼 갈라졌다. 그리고 그곳엔 몇몇 이들이 자리하고 있었다.

모습을 드러낸 것은 네 명이었다.

삼남 일녀. 그들은 모두 빼어난 외모의 젊은 무인들이었다.

그렇지만 모두의 시선은 개중에 가운데에 선 사내에게 집중됐다. 순하게 생긴 외모, 큰 키에 밝은 얼굴을 하고 있는 사내.

꽤나 준수한 외모를 가진 그의 한마디에 모두의 움직임이 멈췄다.

그들의 등장에 어깨를 붙잡혀 고통에 떨고 있던 모극일의 안색조차 변했다. 그는 새파래진 얼굴로 덜덜 떨었다.

사내가 빙긋 웃으며 말했다.

"이게 무슨 일이지?"

"그, 그게……."

모극일이 고통과 두려움이 섞인 목소리로 더듬거렸다. 그러자 사내가 더욱 목소리에 힘을 주며 말했다.

"무슨 일이냐니까?"

"저놈들이 네 자리에 앉아 경고를 주는데 갑자기 날 이렇게……."

모극일의 말을 듣던 사내는 고개를 끄덕였다.

얼추 무슨 일이 있었는지 어렴풋이 짐작한 모양이다. 그러고는 이내 그가 시선을 돌려 혁련휘를 바라봤다. 웃는 얼굴로 그가 말했다.

"내 친구가 실수를 좀 했나 보군. 저 녀석이 오지랖이 좀 있어. 그래서 시키지도 않았는데 나선 모양이야. 내가 대신 사과하지."

생각지도 못한 말에 모극일을 비롯한 수많은 식당 내부의 무인들이 당황했다. 정체 모를 사내의 사과에도 혁련휘는 여전히 의자에 앉은 채로 모극일의 어깨를 움켜잡고 있었다.

사내는 자신의 말에도 미동도 않는 혁련휘를 묘한 눈으로 바라보다 재차 입을 열었다.

"내 사과로 충분하지 않은 모양이네?"

"필요한 건 누군지도 모를 네 사과가 아니라 물이 튄 내 바지라서."

"물?"

혁련휘는 자신의 바지를 가리켰다. 그러고는 짧게 말했다.

"네 친구인지 뭔지 하는 놈이 이렇게 만들었거든. 닦으면 놔준다고 말하는데 어깨가 으스러져도 그건 싫은 모양이군."

"……."

사내는 잠시 침묵했다.

사실 자신이 나서는 순간 상대가 손을 놓고 물러날 거라 생각했다. 이곳 환영학관에 들어올 생각이 있는 자라면 자신을 모를 거라 생각하지 않았다.

그리고 설령 몰랐다 해도 지금의 분위기는 모르지 않을 터.

모두가 보는 앞에서 대인배처럼 먼저 사과를 하며 스스로의 인품 됨됨이를, 아울러 상대에게는 자신이라는 존재감을 제대로 드러내려 했다.

허나 그런 자신의 사과보다도 바지에 튄 물이 더 중요하다 말하는 혁련휘의 행동이 사내의 자존심을 건드렸다.

이런 상황에서도 좀처럼 물러서지 않는 혁련휘를 바라보던 사내가 천천히 입을 열었다.

"닦아 줘."

"그, 그건!"

"닦으라니까?"

사내가 웃으며 말을 내뱉자 모극일은 마른침을 삼켰다.

오랫동안 봐 왔기에 잘 알고 있다.

저 웃음 뒤에 얼마나 잔인한 감정들이 숨어 있는지를.

모극일은 덜덜 떠는 손을 들어 바지에 묻은 물을 소매로 닦아 냈다. 혁련휘 또한 곧바로 어깨를 잡았던 손을 놓으며 자리에서 일어났다.

혁련휘는 더는 이곳에 용무가 없다는 듯 옆에 서 있는 비설에게 말했다.

"식사 다 했지?"

"예, 형님."

"가지."

비설은 고개를 끄덕였다.

둘은 그렇게 식당을 나가기 위해 움직이기 시작했다. 두 사람이 사내를 스쳐 지나갈 때였다. 가만히 서 있던 그가 입을 열었다.

"너, 이름이 뭐지?"

"혁련휘."

"혁련휘라…… 이번 입관 신청자지? 아아, 내가 얼굴을 모르는 걸 보니 그건 당연한 건가?"

중얼거렸던 사내가 생각난 듯이 말을 이었다.

"내 이름은 주자악(朱紫嶽)이다. 개인적으로 네가 꼭 합격했으면 좋겠군. 그러면 앞으로 학관 생활이 정말 재미있어질 것 같아서 말이야."

주자악.

그의 눈 밖에 나면 학관 생활이 꼬인다고 말할 정도의 힘을 지니고 있는 사내다. 물론 주자악 자체의 무공이 독보적인 탓도 있지만 그보다 더 큰 이유는 다름 아닌 그의 가문 때문이다.

혈뢰주가(血雷朱家).

마교를 이루는 사대천가와 삼대방파. 그리고 혈뢰주가는
바로 그 사대천가 중 하나다. 사대천가의 하나이니 만큼 마
교 내에서 가지는 그 권세는 이루 말로 표현하기 힘들 정도
다.

그 누가 사대천가 중 하나인 혈뢰주가의 눈 밖에 나려 하
겠는가.

하지만 단 한 명에겐 그런 여러 가지 것들이 눈에 차지
않는 모양이다.

혁련휘는 관심 없다는 듯 짧게 말했다.

"그쪽이 재미있어질 이유는 없을 것 같군."

그 말을 마친 채로 혁련휘는 그대로 비설을 데리고 식당
을 빠져나갔다.

상황이 이리되자 뒤에 남은 주자악은 가볍게 웃음을 흘
렸다.

"……재미있네."

과연 저렇게 나오는 게 아무것도 몰라서일까? 아니면 자
신의 정체를 알고도 저토록 당당한 걸까?

이유가 뭐가 됐든 상관없었다.

주자악이 함께 있던 이들을 바라보며 짧게 말했다.

"입맛 없어졌어. 돌아가자."

말을 마친 그가 아직도 바닥에 쓰러져 있던 모극일을 향해 작은 소리로 말했다.

"따라와."

그 한마디에 모극일은 자리에서 벌떡 일어나 주자악의 뒤를 따라 걸었다.

그렇게 주자악이 식당 내부에서 이를 갈고 있을 때 먼저 나온 혁련휘와 비설은 왔던 길을 거슬러 가고 있었다.

혁련휘의 뒤를 종종걸음으로 쫓던 비설이 눈치를 보다가 말을 걸었다.

"고마워요."

"뭐가?"

"저 때문에 형님이 괜히……."

"착각하지 마. 너 때문이 아니니까."

매몰찬 혁련휘의 말투에 비설이 잠시 말문이 막혔을 때다. 혁련휘가 여전히 감정이 실리지 않은 목소리로 말을 이었다.

"그리고."

"네?"

"적어도 당하고 다니진 마라. 네가 어떻게 되든 상관은 없지만 최소한 내 부하가 되겠다면서 어디 가서 맞고 다니는 꼴은 별로 보고 싶진 않으니까."

"저 부하가 아니라 형님으로 모시는 건데……."

"딱히 부를 만한 호칭이 없어 형님이라 부르는 걸 봐주는 거지 난 널 내 동생이라 생각하지 않아."

혁련휘가 딱 잘라 말했다.

사실 매번 비설이 자신에게 형님이라 부르는 것이 계속해서 걸렸던 혁련휘다. 하지만 다른 곳에서 만났다면 모를까 이곳 환영학관에서 만난 이상 환야나 달치처럼 자신을 대장, 또는 주인이라 부르게 하기도 뭐했다.

어쩔 수 없이 형님이라 부르는 걸 봐주고 있긴 했지만 그것은 비설을 인정해서가 아니다.

혁련휘는 그 점을 명확하게 이야기한 것이다.

자신이 할 이야기를 끝마치자 혁련휘는 비설이 무슨 말도 하기 전에 먼저 획 하니 걸어가 버렸다.

잠시 발을 멈추고 멀어져 가는 혁련휘를 바라보던 비설이 작게 중얼거렸다.

"거참 성격 있으시네."

하지만 이내 그녀는 자신의 손등을 바라봤다. 이유가 어쨌든 혁련휘가 나서 준 덕분에 괜한 상처를 입을 일이 사라졌으니까.

'얼결에 얻은 형님인데 말이야.'

약점을 잡혀 어떻게든 둘러대다 맺게 된 인연.

그런데 생각지도 못하게 그런 상대에게 도움을 받아 버렸다.

하얀 자신의 손을 이리저리 뒤집으며 바라보던 비설이 입가에 미소를 머금었다.

"뭐, 어쨌든 당신…… 조금 맘에 드네요."


주자악은 모극일과 함께 환영학관의 외진 곳으로 이동했다. 그리고 이내 목적지에 도착해서 그들이 멈추어 섰을 때였다.

눈치를 보고 있던 모극일이 먼저 입을 열었다.

"자, 자악아. 미안하다."

모극일이 면목이 없다는 듯 고개를 숙였다.

그 순간.

짜악!

번개처럼 휘둘러진 주자악의 손바닥이 모극일의 뺨을 후려쳤다. 내공이 실린 탓에 그의 몸이 곧바로 바닥으로 나자빠졌다.

입 안이 터졌는지 연신 피를 뱉어 내는 모극일을 바라보는 주자악의 얼굴엔 어느 순간 미소가 사라져 있었다.

주자악이 차가운 눈빛으로 모극일을 내려다보며 말했다.

"등신 같은 새끼가 겨우 그깟 입관도 못 한 놈에게 당하고 있어? 넌 오늘부터 직위 해제다."

"자악아! 제발 한 번만 더 기회를……."

"자악아?"

주자악이 피식 웃었다. 그러고는 바닥에 넘어져 있는 모극일의 무릎에 자신의 발을 올렸다. 그러고는 발에 힘을 주며 힘껏 짓눌렀다.

"아악!"

모극일이 비명을 지를 때였다. 주자악이 불쾌하다는 듯이 말했다.

"오냐오냐해 줬더니…… 정말 내가 네 친구로 보이냐?"

\*       \*       \*


환영학관 부학장 단노백은 식당에서 벌어진 모든 사건을 이 층에서 가만히 내려다보고 있었다. 그의 옆에 있는 부의민으로서는 답답할 노릇이었다.

'저 자식들이 또 그새를 못 참고 사고를…….'

불호령이 떨어지는 게 아닐까 노심초사하고 있었거늘 단노백은 예상 외로 호탕하게 웃었다.

"허허! 역시 젊은 친구들이라 그런지 힘이 넘치는군그

래. 안 그런가? 부 교관."

"죄송합니다. 제가 다시금 교육을 시키도록 하겠습니다."

"아닐세. 저 때야 젊은 치기로 싸움도 하고 그러는 것 아니겠는가? 나나 자네도 저런 때가 있었는데 말이야. 안 그런가?"

"지금도 충분히 젊으십니다."

"예끼, 이 사람."

너털웃음을 지어 보이던 단노백이 천천히 손을 자신의 턱에 가져다 대며 상념에 빠졌다.

아래에서 소란을 일으킨 것 따위가 단노백의 신경을 건드릴 리가 없다. 자기에게 피해가 있는 것도 아니고 큰 문제가 벌어지기 전에 상황도 종료됐다.

다만 신경이 쓰이는 건 혁련휘와 잠시 눈이 마주쳤을 때부터 느껴지는 이 찜찜한 기분 때문이다.

본 적이 없는 생면부지의 인물이다.

그런데 왤까?

'분명 누군가와 닮은 것 같은데.'

그 눈, 그리고 분위기. 뭔가 낯이 익다.

아주 오래전 어디선가 본 듯한 느낌이 밀려든다.

처음 눈빛을 마주하는 순간 밀려온 건 불쾌감이었다. 새파란 애송이가 상대도 모르고 기어오른다는 생각이 잠시 스쳤지만 곧 그런 감정은 사그라졌다.

이내 혁련휘의 눈에서 밀려든 익숙하면서도 위압적인 느낌에 단노백은 멍하니 그를 바라볼 수밖에 없었으니까.

자신도 모르는 사이 혁련휘에게 모든 시선이 쏠리고야만 것이다. 정체 모를 어린 사내에게 잠시나마 끌렸던 것이 부끄러웠던지 단노백은 가볍게 고개를 저었다.

'쯧쯧, 거사가 다가오니 쓸데없이 예민해지는군.'

짐짓 아무렇지 않은 듯 턱을 어루만질 때였다.

부의민이 조심스럽게 입을 열었다.

"괜찮으십니까?"

"응? 괜찮냐니?"

"손을 심하게 떨고 계셔서 여쭈어 봤습니다."

"……"

단노백은 그제야 턱을 어루만지고 있던 자신의 손이 미세하게 떨리고 있음을 감지했다. 놀란 그가 황급히 반대편 손으로 떨리는 손목을 움켜잡으며 별일 아니라는 듯 말했다.

"보게나. 나이를 먹으니 벌써부터 이 모양이 아닌가."

억지로 웃던 단노백이 황급히 떨리는 손을 탁자 아래로 감췄다. 그는 미세하게 떨리고 있는 손목을 꽉 움켜쥔 채로 입술을 깨물었다.

대체 왜…….

'후우, 요새 많이 지친 모양이야. 좀 쉬어야겠군.'

단노백은 지금 느껴지는 이 알 수 없는 두려움을 애써 무
시했다. 그는 길게 숨을 내뱉으며 방금 마주했던 젊은 사
내, 혁련휘를 머리에서 지웠다.

피곤해서일까?

이상하게 기분이 좋지 않다.

*　　　*　　　*

이 차 심사가 끝이 났다.

흑봉을 이용한 일 차 심사에서 이미 어중이떠중이들을
모두 걸러낸 상태다 보니 이 차 심사는 순식간에 진행됐다.
일 할이 조금 넘는 인원만이 떨어진 이 차 심사.

혁련휘와 비설 또한 이 차 심사를 별 탈 없이 끝마쳤다.

일 차 심사에서 워낙 주목을 받은 둘이었기에 이 차 심사
에서도 많은 이들이 관심을 가졌지만 두 사람은 평범한 모
습을 선보였다.

그 탓에 일순 쏠렸던 관심은 사그라졌고, 그건 비설이 바
라던 바였다.

사람 숫자가 워낙 적어진 덕분에 심사는 오전과 오후로 나뉘어져 진행됐다. 오전에 빠르게 이 차 심사가 끝났고, 통과한 인원들은 오후에 삼 차 심사에 들어선다.

　삼 차 심사는 이 차 심사보다 조금 더 어려운 편이긴 했지만 그래도 이 할 정도를 제하고는 합격하는 편이다.

　한마디로 이 차 심사까지 끝난 지금 이곳에 남은 열 명 중 여덟 명 정도는 정식으로 환영학관에 들어가게 된다는 거다.

　부의민은 넓은 방에 있는 둘을 번갈아 바라보다 짧은 한숨을 내쉬었다.

　'다행이긴 한데…….'

　어찌 됐든 두 사람이 이 차 심사를 통과했다는 사실에 부의민은 안도할 수밖에 없었다.

　탈락조에서 일 차 심사를 통과한 자가 둘이나 나와 얼마나 갖은 억측과 오해에 휩싸였던가. 그나마 두 사람 모두 무난하게 이 차 심사를 통과했으니 그런 이야기들은 한결 수그러들 게다.

　물론 그래도 개중 일부는 계속해서 이 일을 물고 늘어질지도 모르겠지만 말이다.

　의자에 앉은 채로 발만 까닥거리던 부의민을 향해 비설이 다가가 조심스레 말을 걸었다.

"부 교관님."

"왜!"

짜증이 나서일까? 자신도 모르게 버럭 소리를 지른 부의민을 보며 비설이 놀란 듯 가슴을 쓸어내리며 말했다.

"저희 많이 싫어하시나 봐요."

"그럼 좋아하게 생겼냐?"

"에이, 정말 안 싸웠다니까요."

탈락조라는 건 외부 사람들은 모르는 환영학관 내부의 교관들만의 비밀이다. 그랬기에 자신 둘이 통과함으로써 부의민이 겪어야 했을 일들을 모르는 비설로서는 그가 그저 첫날 있었던 혁련휘와의 일 때문에 계속해서 자신들을 눈엣가시로 여긴다 생각한 것이다.

물론 처음부터 둘 다 맘에 안 들어 했던 것도 사실이지만 그것만으로 방에 앉아 둘을 노려보고 있겠는가.

자세히 설명할 수 없는 일이었기에 부의민은 중얼거렸다.

"으휴. 그때 어떻게든 증거를 찾아서 두 놈 다 떨어트려 버렸어야 했는데……."

겨우 그 정도의 다툼 정도로는 벌점은 줄 수 있을지언정 둘을 떨어트릴 순 없다는 건 알고 있다. 그저 지금의 상황이 번거롭고 곤란해서 투덜거리는 것뿐이다.

부의민이 이내 비설을 향해 퉁명스레 말했다.

"근데 왜?"

"삼 차 심사가 오후에 하면 입관식은 언제 하는 겁니까?"

"숙소 배정과 반은 오늘 나누고, 입관식은 이틀 후다."

"그렇군요."

"그런데 지금 그걸 신경 쓸 때가 아닐 텐데? 삼 차 심사는 끝내고 궁금해하지?"

"교관님은 저희가 떨어졌음 하시나 봐요."

"그거야 당연한……!"

버럭 소리치던 부의민은 일순 입을 닫았다.

마음 같아서야 그럴지 모르겠지만 실상으로 둘 중 최소 하나 만큼은 통과해야 상부에 할 말이 있는 부의민이다. 그랬기에 그는 이내 수그러진 목소리로 말을 이었다.

"……꼭 그런 건 아니고."

할 말이 없는지 거기서 말을 끝마친 부의민은 이내 바깥을 힐끔 쳐다보더니 자리에서 일어났다. 해가 중천에 떠 있는 걸 보니 슬슬 모여야 할 시간이다.

"쓸데없는 소리 말고 준비들 해서 나와. 삼 차 심사장은 여기서 좀 거리가 있으니까."

말을 마친 부의민이 먼저 나가자 여태까지 자리에 앉아

눈을 감고 있던 혁련휘가 부스스 자리에서 일어났다. 그는 구겨진 옷을 아무렇지 않게 털었다.

혁련휘가 먼저 바깥으로 나가자, 그런 그의 뒤를 비설이 황급히 쫓았다.

둘이 밖으로 나오자 대기하고 있던 부의민이 말했다.

"가자."

그 한마디를 끝으로 세 사람은 삼 차 심사가 있을 장소로 빠르게 움직이기 시작했다.

시간이 시간이니 만큼 환영학관 내부는 사람들로 붐볐다. 지나쳐 가는 그 많은 이들 중 일부는 혁련휘를 알아보고는 힐끔거렸다.

어제 식당에 있었던 이들이라면 쉽게 잊지 못할 얼굴이다. 환영학관에서 엄청난 권세를 자랑하는 주자악과 미묘한 힘 싸움을 벌였던 인물이 아닌가.

하지만 그들 대부분의 얼굴에는 비웃음이 서려 있었다.

그들의 입장에서 혁련휘는 아무것도 모르고 까분 애송이로 비치고 있었으니까.

자신을 향한 그런 시선에도 불구하고 혁련휘는 조금의 표정 변화도 보이지 않았다. 그는 관심 없다는 듯 앞서가는 부의민의 뒤를 쫓았다.

부의민을 따라 이동한 지 이 각가량.

그들이 도착한 곳은 수십 채에 달하는 독채들이 자리한 장소였다. 그리고 그곳에는 이미 일련의 무리들이 먼저 와서 대기하고 있었다.

정확한 심사가 무엇인지는 모르겠지만 그들은 하나씩 독채 안으로 들어섰고, 이내 바깥으로 걸어 나오곤 했다.

사람 숫자는 많았지만 마찬가지로 독채 또한 적지 않았기에 심사는 순식간에 이루어졌다.

이번 심사가 전혀 예측이 되지 않았는지 비설이 물었다.

"도통 뭐하는 건지 모르겠는데 무슨 심사입니까?"

"그건 나 말고 저기 심사관한테 들어."

심드렁하니 대답한 부의민은 이내 둘을 줄이 길게 늘어진 곳 중에서 적은 곳에 각각 세웠다. 둘은 그렇게 자기의 줄에 선 채로 순서를 기다렸다.

순서가 오지 않았음에도 불구하고 심사관의 목소리를 통해 이번 심사가 어떤 건지 전해 들을 수 있었다.

"들어가서 일각(一刻) 안에 나오면 통과다."

설명을 들은 비설은 가만히 독채들을 살폈다.

그 크기가 그리 크지 않아 순식간에 걸어 나올 수 있을 정도다. 그랬기에 비설은 고개를 갸웃했다. 사지가 멀쩡한데 이런 작은 독채 하나에 들어가서 나오는 게 어째서 심사인 걸까?

예상되는 건 하나.

기문진식이다.

암기나 함정들이 쏟아지는 장소를 빠져나오는 것. 그렇지만 단순히 그렇게 보기엔 나오는 이들의 모습이 너무나 멀쩡하다.

넋이 나가 보이는 이들은 있어도 상처를 입은 자는 보이지 않는다. 그리고 워낙 크기가 작아 함정이 있다 해도 그리 난이도가 있을 것 같지도 않다.

비설이 바로 옆줄에 서 있는 혁련휘를 곁눈질하다 친근하게 말을 걸었다.

"형님, 기문진식이 있기엔 너무 작아 보이지 않아요?"

혁련휘는 자신에게 웃으며 말을 거는 비설을 슬쩍 바라봤다. 어제저녁 식사 이후 혁련휘와 비설은 딱히 아무런 대화도 나누지 않았다.

단호하게 선을 그은 혁련휘가 더는 그녀와 대화를 나누지 않은 탓이다. 이 차 심사를 하는 와중에도 입을 닫고 있던 자신이다. 몇 차례나 무시했음에도 불구하고 비설은 여전히 밝고 사근사근했다.

이 밝은 성격은 천성이다.

"……진법이라면 문제는 없겠지."

결국 혁련휘도 입을 열었다.

진법이라는 말에 비설은 고개를 끄덕였다. 진법이라면 이 작은 공간 안에서도 충분히 펼치는 건 가능할 테니까.

그렇게 가만히 선 채로 순서를 기다리던 두 사람 중 혁련휘에게 먼저 차례가 돌아왔다. 아까부터 같은 말만 내뱉던 심사관이 이번에도 앵무새처럼 똑같은 이야기를 꺼냈다.

"들어가서 일각 안에 나와야 통과다."

혁련휘가 안으로 들어가기 위해 문에 손을 가져다 댈 때였다. 옆에서 자신의 순서를 기다리던 비설이 다소 들뜬 목소리로 말했다.

"끝내고 바깥에서 봬요. 앗, 저도 차례가 돼서 들어가 볼게요, 형님."

비설의 목소리를 뒤로하고 혁련휘가 문을 열고 안으로 걸어 들어갔다.

방은 평범했다.

딱히 어떠한 가구도 보이지 않았고, 특이한 장치 같은 것도 보이지 않았다. 그저 눈에 보이는 것은 자그마한 향로 하나뿐.

혁련휘의 시선이 잠시 향로에 머물렀다.

'진법이 아니군.'

그때였다.

"형님."

익숙한 목소리가 들려오자 혁련휘의 눈초리가 슬며시 떨렸다. 눈앞에 너무나 익숙한 한 사내가 모습을 드러내고 있었다.

혁련휘를 이 무림이라는 곳에 나오게 한 결정적인 이유. 바로 동생 혁리원이 그곳에 자리하고 있었다.

"형님, 접니다. 제가 이곳에 있습니다."

"……."

혁련휘는 앞에 서 있는 동생 혁리원을 말없이 바라봤다. 그는 환하게 웃고 있었다. 마치 여태까지의 모든 일들이 꿈이었던 것처럼.

혁리원이 서운하다는 듯이 말을 이었다.

"너무하시는군요. 이 아우가 보고 싶지도 않으셨습니까?"

다가오며 말하는 혁리원의 목소리가 점점 머리로 스며든다. 그럼에도 불구하고 혁련휘는 가만히 선 채로 다가오는 동생의 모습을 뚫어져라 바라볼 뿐이었다.

혁리원의 손이 천천히 혁련휘의 얼굴을 감싸는 그때였다. 오랫동안 혁리원을 바라보던 그의 몸에서 변화가 일어났다.

후우웅.

자그마한 바람이 혁련휘의 몸 주변으로 휘몰아쳤다. 풍

신의 기운을 끌어낸 것이다. 혁련휘가 처음으로 입을 열었다.

"많이 보고 싶었다. 하지만…… 꿈은 꿈일 뿐이지."

바람의 힘이 주변의 공기를 확 하고 밀어냈다.

동시에 다가왔던 혁리원의 모습이 사라졌다.

혁련휘의 시선이 방 안에 있는 향로로 향했다. 이 모든 것은 바로 저 향로 때문에 벌어진 일이다. 향로의 틈 사이로 빠져나오는 연기.

그 연기는 바로 사람의 마음을 파고드는 환각 작용을 일으켰다.

억락향(憶樂香)이라는 물건이다.

억락향을 맡는 자는 자신의 마음 가장 깊숙한 곳에 남아 있는 사람, 또는 후회되는 과거를 끄집어낸다. 그리고 그로 인해 일순 심마(心魔)에 들게 하고, 정신력이 약한 자는 그곳에서 헤어 나오지 못한다.

사실 혁련휘는 방에 들어오기 무섭게 향로에서 정체불명의 연기가 퍼져 나오는 걸 알아차렸다. 그랬기에 혁리원의 환영에 전혀 흔들리지 않았다.

그럼에도 불구하고 잠시 동안 환영에 정신을 주고 있었던 건 이렇게라도 동생의 얼굴을 보고 싶었으니까.

단지 그뿐이었다.

풍신의 기운으로 연기를 몰아내 곧바로 정신을 차린 혁련휘는 앞으로 걸어갔다. 그리고 반대편에 있던 문을 활짝 열고 바깥세상으로 다시금 모습을 드러냈다.

밝은 태양이 혁련휘를 내리쬘 때였다.

"합격!"

출구에서 기다리고 있던 이의 목소리가 크게 울려 퍼졌다.


같은 시각, 입구로 들어선 비설의 눈앞에 모습을 드러낸 것은 한 노인이었다. 노인은 무척이나 인상이 좋았다. 푸근해 보이는 외모에, 적당한 키.

그런 노인이 환하게 웃으며 비설을 반겼다.

"허허! 녀석, 오랜만에 사부를 보고도 반갑지 않으냐?"

"어? 사부님이네."

"그래. 혼자 고생시키는 게 못내 미안해서 이 사부가 도우러 왔다. 이제부터는 내가 너를 도울⋯⋯."

웃으며 다가오는 노인을 바라보던 비설이 아무렇지 않게 성큼 걸어갔다. 당장이라도 노인과 충돌할 것 같았지만 비설은 그를 뚫고 아무렇지 않게 지나갔다.

노인이 몸을 돌려 비설을 향해 소리쳤다.

"어허, 사부를 보고 어찌 그렇게⋯⋯."

"에이. 진짜 사부님이 여기 있을 리 없잖아요. 가짜인 거다 아니까 그만 사라져 주시죠."

"내가 가짜라니?"

비설은 더 들을 필요도 없다는 듯 그냥 문을 열어버렸다. 동시에 안의 공기가 밀려들며 환영은 사라졌다. 비설은 아무렇지 않게 건물 바깥으로 걸어 나갔다. 그러자 옆에 있던 이가 짧게 외쳤다.

"합격."

합격했다는 말에 비설이 환하게 웃었고, 뒤쪽에서 기다리고 있던 부의민은 복잡한 표정을 지어 보였다.

'결국 통과했네.'

둘 중 하나는 통과하길 바랐기에 그나마 다행이라 생각하고 있을 때였다. 부의민의 옆으로 다가온 비설이 주변을 두리번거리다 물었다.

"어라? 형님은요?"

"아직이다."

"……그래요?"

비설이 의외라는 듯이 말했다.

자신보다 먼저 들어간 혁련휘가 아직까지 나오지 않았다는 사실이 이해가 가지 않는 모양이었다.

'이상하네. 이 정도 심사는 어렵지 않게 통과할 사람으

로 봤는데.'

비설이 혁련휘가 들어간 독채를 바라볼 때였다.

부의민이 시간이 가는 걸 계산하다 작게 중얼거렸다.

"결국 그놈은 탈락인가?"

"아닐걸요."

"아니라고? 왜?"

"그 정도로 시시한 사람은 아닌 것 같아서요."

비설의 목소리에는 왠지 모를 확신이 서려 있었다. 그런 그녀의 말에 부의민이 고개를 가볍게 저을 때였다.

덜컹.

굳게 닫혀 있던 문이 열리며 혁련휘가 모습을 드러냈다. 그의 모습을 본 비설은 그럴 줄 알았다는 듯 고개를 끄덕였다.

"합격!"

합격 통보를 받은 혁련휘는 자신을 바라보고 있는 비설과 부의민을 발견하고는 그쪽으로 다가왔다. 떨떠름한 표정을 짓고 있던 부의민은 괜히 자신의 예상이 틀린 게 민망했는지 헛기침을 하며 말했다.

"흠흠, 조금만 더 늦으면 탈락이었다."

"알고 있소."

혁련휘가 대수롭지 않게 대답했을 때였다. 그런 그의 옆으로 바짝 다가선 비설이 웃으며 물었다.

"저 안에서 뭘 보셨어요, 형님?"

"동생."

"동생이요? 아, 그 하나밖에 없다는 동생분을 봤구나! 동생분 엄청 아끼시는 것 같던데 반가우셨겠다."

반가웠을 것 같다는 말에 잠시 가만히 서 있던 혁련휘가 이내 고개를 끄덕였다. 그런 그를 향해 비설이 다시금 웃는 얼굴로 물었다.

"그렇게 좋아하는 동생분인데 용케도 뿌리치고 나오셨네요?"

"여기 있을 수 없는 녀석이거든."

"그렇군요."

비설이 고개를 끄덕이고 있자 옆에 있던 부의민이 궁금하다는 듯 물었다.

"그러는 넌 누굴 만났는데?"

"저요? 전 사부님이요. 그런데 전 보자마자 가짜라는 걸 알아차렸어요."

"어떻게?"

세 번째 심사를 비설은 너무나 빠르게 통과했다. 내심 궁금했던 차에 보자마자 가짜라는 걸 알아차렸다는 말에 궁금증이 인 것이다.

부의민이 질문에 비설이 웃는 얼굴로 대답했다.

"술 냄새가 안 나더라고요."

"수, 술 냄새?"

"네. 저희 사부님 사실 매일 입에 술병을 달고 다니는 주당이거든요. 그런데 술 냄새가 안 나니까 단번에 가짜인 걸 알아차렸죠."

술 냄새로 가짜인 걸 알아차렸다는 말에 부의민은 기가 찬 듯 헛웃음을 흘렸다. 하지만 이내 헛웃음을 거둔 그가 혁련휘와 비설을 차례대로 바라봤다.

맘에 안 들긴 했지만…… 인정할 건 인정해야 했다.

이 두 사람은 환영학관에 입관할 자격을 스스로가 증명해 냈으니까.

부의민이 둘의 이름을 불렀다.

"혁련휘, 그리고 비설."

자신들의 이름이 불리자 둘의 시선이 부의민에게로 향했다. 부의민이 두 사람을 향해 천천히 말을 이었다.

"환영학관에 온 걸 환영하지."

# 6장. 비파월
— 저희는 돈으로 움직입니다

삼 차 심사를 마치고 혁련휘와 비설은 부의민에게 합격 통보를 받았다.

  동시에 둘은 며칠 동안 머물던 거처로 돌아와 단출하게 짐을 추렸고, 이내 모든 심사를 끝내고 뒷정리를 마친 부의민이 돌아왔다.

  그의 손에는 종이와 나무로 된 무엇인가가 들려 있었다. 그가 나무로 된 조각을 혁련휘와 비설에게 각각 내밀었다.

  조각에는 각자의 이름이 새겨져 있었고, 끝에는 붉은색의 끈이 달려 있었다.

  "환영학관을 드나들 때나 신분을 증명할 상황에 쓰이는

명패다. 항시 챙기고 다니고. 그 붉은 끈 보이지? 그게 이번 신입생들의 표식이다. 그리고 삼 년 전에 이곳에 입관한 애들은 청색 끈이다. 그걸로 선배인지 아닌지 알 수 있을 거다."

환영학관 학생들의 배분은 크게 두 개다.

청학(靑學)과 홍학(紅學).

윗 배분을 지닌 이들은 청학, 그리고 아래에 있는 이들을 홍학이라 부른다. 이 단계는 제각각 삼 년을 기준으로 한다.

홍학에서 정말 특별하게 재능이 뛰어난 이들은 청학으로 조기 진급이 가능하긴 하지만 그런 경우는 극히 드물다.

환영학관에 들어온 이들은 대부분 청학의 단계에서 출관을 하게 된다. 그렇지만 주어진 삼 년이 지나고도 마교에 들어가지 못하거나, 본인 스스로 나가지 않는 이들도 존재했는데 그들을 가리켜 손님이라는 객(客) 자를 써서 학객이라 칭했다.

그들은 예외적으로 흰색 끈으로 된 명패를 착용했는데 그것은 환영학관 내부에서 조롱의 대상이었다.

능력이 없어서 마교에 들어가지도 못하고, 그렇다고 스스로 떠나지도 않는 무능한 자들이라는 생각 때문이다.

"자, 그럼 명패는 됐고, 너희가 소속될 곳을 가르쳐 주지."

말을 마친 부의민이 서찰을 열었다.

"비설, 지단(地團)."

지단이라는 말에 비설은 고개를 끄덕였다.

청홍으로 배분이 있는 것처럼 같은 홍학 내부에서도 세 개로 분류되어 있다.

천지인(天地人)을 한 글자씩 따서 만든 각각은 엄격히 신분과 실력으로 나눠진 무리다.

천단은 마교의 무인들만이 들어갈 수 있다. 그들 중에서도 가문이 뛰어나거나, 무공 실력이 뛰어난 이들만이 들어간다.

제아무리 실력이 뛰어나더라도 정파의 무인들은 들어갈 수 없는 곳이 바로 그 천단이다. 그리고 지단은 바로 그 아래 단계로 마교의 무인 중 다소 애매한 자들이나 정파에서 어느 정도 두각을 드러낸 이들이 들어간다.

특이한 점은 세 개의 단들 중 유일하게 정사가 함께하는 무리라는 거다.

그리고 마지막이 인단.

정파의 인물들로 이루어지고, 실력도 세 곳 중 가장 떨어지는 이들로 모여 있다 보니 학관 내에서 입지가 그리 높지 않다. 그리고 환영학관을 제대로 졸업하지 못하는 학객이 가장 많이 나오는 것 또한 바로 이 인단이었다.

비설에게 지단으로 배속되었다 말한 부의민이 짧게 말을 이었다.

"일 차 심사 우수. 이 차 심사 보통. 삼 차 심사 우수. 아슬아슬하지만 지단으로 들어갔군."

말을 마친 그가 비설에 대해 적힌 종이를 거두고 이내 다음 장으로 시선을 돌렸다.

"어디 보자. 혁련휘는……."

말을 이어 가던 부의민이 잠시 말을 끌었다. 그가 종이를 접으며 말했다.

"너도 마찬가지로 지단이다. 이유는 알지?"

혁련휘는 가만히 고개를 끄덕였다.

일 차 심사는 우수했고 이 차 심사는 보통으로 통과했다. 여기서 비설만큼 마지막 심사에서 점수를 얻었거나 보통 정도만 받았어도 어쩌면 천단으로 들어갈 수도 있었던 혁련휘다.

하지만 삼 차를 아슬아슬하게 통과하며 최하라는 평가를 얻었다. 그 탓에 혁련휘는 비설과 마찬가지로 지단에 속하게 됐다.

종이를 품 안에 쑤셔 넣으며 부의민은 심드렁하니 말했다.

"귀찮게 두 곳 전부 안 가고 한 번에 안내해도 돼서 편하고 좋네. 짐들 다 챙겼지?"

두 사람이 고개를 끄덕이자 부의민은 따라오라는 듯 손짓하며 걸어 나갔다. 그런 그의 뒤를 따라 둘은 목적지인 지단의 숙소를 향해 나아갔다.

어느덧 저녁을 훌쩍 지난 주변은 어둑어둑하니 변하고 있었다.

그렇게 함께 이동해서 도착한 곳은 지단의 숙소.

지학당이었다.

그곳엔 이미 먼저 와 있는 이들로 바글거리고 있었다. 하지만 멀리서 봐도 알 수 있을 정도로 지학당 앞에 있는 이들은 두 개의 무리로 나뉘어져 있었다.

정과 사가 뒤섞인 이곳 지학당에서만 벌어지는 일.

이미 패거리들도 정파와 사파로 분류되어 있는 것이다.

그쪽까지 다가간 부의민이 가볍게 말했다.

"여기가 너희 지단의 애들이 머무는 지학당이다. 방은 이인 일실로 구성되어 있고, 화장실은 안에 하나씩 있으니 씻는 덴 크게 불편할 게 없을 거다."

무덤덤하니 말하는 부의민의 말을 듣고 있던 비설이 당황한 듯 말했다.

"이, 이인 일실이요?"

"왜 문제 있냐?"

"아뇨. 분명 일인 일실로 들었는데……."

"그건 천단 애들 이야기고."

"부, 불공평한 거 아닙니까? 천단이라고 일인 일실이고 지단이라고 이인 일실인 건 차별이라 생각합니다."

여인인 비설의 입장에서 다른 누군가와 방을 쓴다는 것은 곤혹스러운 일이었다. 남자의 신분으로 들어왔으니 방 또한 마찬가지로 남자와 배정될 것은 자명한 노릇.

몇 년이 될지 모르는 그 긴 세월 동안 남자와 한 방을 쓴다는 건 남장을 한 비설에게 쉽지 않은 일이었다.

정체를 유지하는 것도, 그리고 씻고 옷 갈아입는 소소한 것들까지 전부.

불공평한 거 아니냐는 비설의 말에 부의민이 어처구니없다는 듯 코웃음을 쳤다.

"그럼 천단에 들어가지 그랬냐. 아, 정파 소속이라 그건 안 되겠네. 아니면 인단에 들어가던가. 인단은 사인 일실이거든. 뭐 원한다면 당장에라도 내가 상부에 보고를 해서……."

"아, 아닙니다! 이인 일실 좋네요. 아주 좋아요. 하하."

비설이 양손을 들어 올리며 적극적으로 사양의 뜻을 내비쳤다. 이인 일실을 쓰라는 말에도 이렇게 골머리가 아픈

데 사인 일실이라니…… 생각만 해도 끔찍했다.

비설은 머리가 아팠다.

'어쩌지? 옷을 갈아입거나 하는 거야 화장실에서 어떻게 한다고 쳐도 누가 방에 벌컥 들어올 수도 있는 거고 씻는 것도 문젠데.'

걱정하는 비설의 속도 모른 채 부의민이 걱정 말라는 듯 말했다.

"처음엔 불편해도 그래도 혼자 쓰는 것보다 더 재밌고 좋은 것도 많다. 여름엔 서로 등목도 해 주고 해야 하는데 혼자서 그게 되겠냐?"

"등목……이요?"

비설의 안색이 파리하게 변했다.

점점 참혹하게 변하는 비설의 마음도 모르고 부의민이 유쾌한 목소리로 말했다.

"어떠냐? 꽤 재미있을 것 같지 않으냐?"

"……재밌겠네요."

비설이 영혼 없는 목소리로 대답할 때였다.

둘의 신상 명세가 적힌 종이를 꺼내어 든 부의민은 지학 당의 방을 배정하는 무인에게 다가가 그것을 건네며 뭔가 잠시 대화를 나누기 시작했다.

두 걸음 정도 멀찍이 떨어져 있는 혁련휘 쪽으로 비설의 시선이 향했다.

사실 지금 같은 상황에 기댈 곳은 혁련휘뿐이었다.

그녀가 여인이라는 걸 아는 유일한 사내였으니까.

비설의 시선을 느꼈는지 고개를 돌려 그녀를 바라본 혁
련휘가 입을 열었다.

"뭘 봐."

혁련휘의 말에 비설이 황급히 눈동자를 내리깔았다. 그
렇지만 이내 비설은 종종걸음으로 슬며시 혁련휘 쪽으로
다가갔다.

"저…… 형님?"

"싫어."

"아직 아무런 말도 안 했는데……."

"무슨 말 할지 아니까. 그러니까 싫어."

"너무하십니다, 형님. 제 처지를 다 아시면서."

"그거야 네 입장이고."

혁련휘는 시선을 돌려 앞을 바라보며 매몰차게 말했다.
그런 그의 옆에 선 비설이 옷소매를 살짝 잡아 흔들며 불쌍
한 척 입을 열었다.

"형님~"

"예전에 한 번 통했다고 또 통할 거라 생각하지 마. 이제
안 먹혀."

빈손으로는 안 되겠다 생각했는지 비설은 머리를 굴려 이것저것 조건을 걸기 시작했다.

"아침저녁으로 안마도 해 드리겠습니다."

"삭신이 쑤시질 않아서."

"혹시나 아프시면 병간호 해 드릴게요."

"아파 본 적이 언제였더라."

빠르게 대답하는 혁련휘를 보며 비설은 초조하게 손가락을 꼼지락거리다가 새로운 조건을 걸었다.

"형님 대신 벌점도 감내하겠습니다."

"벌점을?"

"예, 혹시나 허락 받지 않은 외출이나 외박하실 일이 있으셔도 제가 어떻게든 다 하겠습니다. 이 아우만 믿고 원하시면 술 한잔하고 늦게 들어오셔도 아무런 문제도 없을 겁니다. 하하."

비설은 처음으로 반응한 혁련휘의 모습에 마지막 동아줄이라도 잡은 기분이었다.

벌점을 많이 받게 되면 그만한 벌을 받게 된다.

하지만 지금 그런 벌 따위가 문제인가? 몇 년이 될지 모르는 이 학관 생활이 걸린 일이다.

간절한 비설의 모습을 보는 혁련휘의 머릿속에도 많은 생각들이 오갔다.

'나쁘진 않군.'

혁련휘는 단순하게 환영학관을 졸업하고 이름을 알리기 위해 이곳에 온 게 아니다. 그랬기에 비밀리에 움직일 일이 잦다.

그런데 비설과 한방이라면 확실히 여러모로 편한 게 많았다.

다른 자라면 힘으로 제압해서 입을 닫아 놓을 생각이긴 했지만 사실 비설만큼 안전한 상대는 없다. 그녀의 가장 중요한 약점을 쥐고 있으니까.

하지만 그럼에도 쉽게 결정이 떨어지지 않는다.

아무리 목석 같은 혁련휘라 해도 여인과 계속해서 한방을 쓴다는 건 간단한 일이 아니었으니까.

혁련휘가 잠시 고민하고 있는 사이 방을 배정하는 무인에게 갔던 부의민이 돌아왔다. 그는 아무렇지 않게 둘을 향해 말했다.

"빨리 와서 방이 좀 남은 모양이다. 내가 가서 임의로 정하긴 했는데 입구랑 가까운 게 아침에 나오기 편해서 일부러 그쪽으로 잡았다. 혁련휘는 사십팔 번 방이고 비설은 칠십삼 번 방으로 가면 된다. 맘에 안 들면 바로 남은 자리 중 하나 찾아서 가면 되고."

부의민이 말이 끝났을 때다.

혁련휘와 눈이 마주치자 비설은 가기 싫다는 듯 고개를 도리질하고는 그의 옷소매를 꽉 움켜잡았다.

그와 동시에 고민하고 있던 혁련휘가 결국 한숨과 함께 입을 열었다.

"……빈방 없소?"

"빈방은 많지. 그런데 왜?"

"같은 방을 쓰려고 하오."

"뭐? 너희 둘이 같은 방을 쓰겠다고?"

"그렇게 하기로 했소."

"진심이냐? 너희 둘 근본이 다르잖아. 넌 마교, 그리고 너는 정파인데도 같이 쓰겠다는 거야?"

생각지도 못한 말에 부의민이 당황할 때였다.

방금 전까지만 해도 죽상을 짓고 있던 비설이 언제 그랬냐는 듯 환해진 얼굴로 둘 사이에 끼어들었다.

"에이, 그런 근본이 뭐가 중요한가요. 이곳에서 만난 순간부터 형님과 전 운명처럼 끈끈한 유대감을 느꼈거든요. 이 유대감은 정사라는 이유만으로 갈라지기엔 이미 너무 두터워져서요."

부의민이 저 말이 진짜냐는 듯이 혁련휘에게 시선을 주자 그는 짧은 한숨을 내쉬며 말했다.

"그렇다고 치시오."

혁련휘의 대답까지 들은 부의민은 미간을 가볍게 손가락으로 눌렀다.

방을 누구와 쓸지 정하는 것은 본인의 자유다. 다만 정파와 사파가 같이 방을 쓴다는 건 아마 분명 이야깃거리가 될 거다.

정파와 사파가 방을 같이 쓰는 경우는 여태까지 단 하나의 경우뿐이었다.

숫자가 맞지 않을 때.

이인 일실로 배정되다 보니 혹시나 정파의 인원과 사파의 인원의 숫자가 홀수가 되어 버리면 어쩔 수 없이 한 쌍만이 같이 방을 쓰게 되곤 했다.

물론 그 같은 경우엔 대부분 문제가 벌어졌고, 그로 인해 환영학관을 떠나는 이가 있다면 그쪽으로 다시금 방 배정을 하는 일이 생기기도 했었다.

그만큼 서로 간에 사이가 좋지 않았으니까.

이렇게 오히려 앞장서서 서로가 같은 방을 쓰겠다 나선 경우는 학관이 개관한 이래 처음 있는 일이었다.

표정을 구기긴 했지만 부의민 또한 고개를 끄덕일 수밖에 없었다. 어차피 이번 통과자들도 숫자가 맞지 않아 한 쌍은 이렇게 정사가 같이 방을 써야만 했다.

그런 걸 스스로 하겠다 하니 굳이 말릴 이유가 없었던 것이다.

그래도 혹시나 하는 마음에 부의민은 재차 확인했다.

"한 번 정하면 빈자리가 날 때까지는 못 바꾼다. 알지?"

"그럼요."

걱정 말라는 듯 고개를 끄덕이는 비설을 보던 부의민이
어쩔 수 없다는 듯 말했다.

"그리하겠다고 하니 말리지는 않으마. 단, 사고들 치지
마라."

"저희가 어린앤가요."

말을 마친 비설은 옆에 서 있는 혁련휘의 팔에 팔짱을 낀
채로 그를 잡아당겼다. 그녀의 얼굴에는 웃음기가 가득했
다.

환한 표정으로 비설이 신이 난 듯 말했다.

"가요, 형님. 좋은 방 다 놓치겠어요."

신이 난 얼굴로 혁련휘를 질질 끌다시피 하고 멀어져 가
는 둘을 바라보는 부의민은 고개를 절레절레 저었다.

"계산이 안 돼, 계산이."


지단 소속의 무인들이 기거하는 지학당. 그리고 그 가장
안쪽 방으로 두 사람은 자리를 잡았다. 입구와 가까울수록
좋다는 부의민의 충고를 듣긴 했지만 혁련휘의 선택은 정

반대였다.

그는 가장 안쪽에 위치한 곳으로 방을 잡았다.

이유가 있었다.

한쪽만이 다른 방과 닿아 있었기에 상대적으로 조용했다. 그리고 외곽에 위치한 만큼 비밀리에 나가기가 더 용이하다는 것.

이 두 가지가 가장 안쪽에 있는 방으로 자리를 잡게 한 요인이었다.

북적거리고 피곤한 아침에 다소 힘들긴 하겠지만 그 정도는 큰 문제가 되지 않았다.

방 안은 단출했다.

두 개의 침대가 양쪽 벽에 위치해 있었고, 침대 옆에 각자 쓸 만한 조그마한 옷장 정도가 구비되어 있었다.

그리고 한쪽에는 화장실로 통하는 문이 있다. 혁련휘는 말없이 화장실 반대편 침상에 자신의 짐을 올렸다.

그러곤 짧게 말했다.

"내가 이쪽. 넌 저쪽 써."

"옙, 형님!"

비설이 환한 목소리로 대답했다. 화장실과 가까워 조금 더 시끄럽긴 하겠지만 지금 그런 걸 따질 입장이 아니었으니까.

혁련휘는 침상 바로 옆에 난 창으로 다가가 문을 열어젖혔다. 시원한 밤의 봄바람이 밀려들었다.

그때 누워 있던 비설이 손으로 침상을 팡팡 치며 말했다.

"방이 생각보다 괜찮은데요?"

그러고는 이내 자리에서 벌떡 일어나 화장실의 문을 열어젖히고는 안을 살폈다. 화장실 안에는 씻는 공간이 제대로 구비되어 있었다. 그리고 화장실 한쪽에는 씻는 물을 나르기 위한 자그마한 쪽문도 있었다.

그녀가 고개를 끄덕였다.

"여기도 괜찮네."

화장실을 보고 있던 비설을 향해 혁련휘가 생각났다는 듯 말했다.

"씻는 건 항상 나 먼저. 넌 나중에 해."

"……칫."

비설이 짧게 불만스러운 목소리를 토해 냈고, 그걸 듣지 못할 리 없는 혁련휘가 시선을 돌려 그녀의 뒷모습을 바라볼 때였다.

그 시선을 느꼈는지 비설이 재빠르게 말을 바꿨다.

"물론 형님 먼저 씻으셔야죠. 형님 먼저 하시고 아우는 그다음에 하겠습니다."

비설이 말을 바꾸고 있는 사이에 슬쩍 하늘을 다시금 확인한 혁련휘가 물었다.

"좋아. 그건 그렇고 아까 한 말 기억해?"

"아까 한 말이요?"

비설이 눈을 동그랗게 뜨고 되물을 때였다. 혁련휘가 말했다.

"허락 받지 않은 외박, 외출에 대해서 혹시나 무슨 일이 벌어져도 알아서 다 하겠다는 말."

"당연히 기억하죠. 방금 전에 한 말인데요 뭘. 그런데 그게 왜요?"

"만약 내가 지금 나가야 한다면 어떻게 할 생각이지?"

"그야…… 첫날이다 보니 아직 다들 저희를 모르니까 누가 와서 인원 점검하면 제가 형님 이름 대면서 둘러대면 되겠죠."

"그래? 그거 괜찮은 방법이군."

말을 마친 혁련휘가 갑자기 비설을 향해 다가왔다.

갑작스럽게 혁련휘가 다가오자 비설이 자신도 모르게 슬쩍 화장실 벽으로 몸을 기댔을 때다. 지척까지 다가온 혁련휘가 화장실 안쪽의 문을 확인하고는 시선을 돌려 비설을 바라봤다.

눈을 마주친 상황에서 혁련휘가 입을 열었다.

"네 이름이 뭐지?"

"에에? 제 이름을 아직까지 모르셨어요? 비설이라고요, 비설."

"아니지. 네 이름은 혁련휘야."

"저기 그 말은 설마……."

끼이이이!

매의 울음소리가 열린 창을 통해 스며들어 온다. 그리고 혁련휘가 말했다.

"외출 좀 해야겠어. 그러니 뒷일은 알아서."

그 말을 마친 혁련휘는 곧바로 화장실 안쪽에 난 쪽문으로 다가갔다. 멍하니 있던 비설은 쪽문이 열리는 소리에 퍼뜩 정신을 차리곤 말했다.

"아, 예! 형님 다녀……."

타앙.

말이 채 끝나기도 전에 문이 닫혔다.

혁련휘가 사라지자 화장실 벽에 밀착한 채로 긴장하고 있던 비설이 머쓱했는지 황급히 몸을 떼고는 자신의 머리를 가볍게 긁적였다.

"바로 이용해 먹네. 사람이 참 치밀해. 응, 아주 치밀해."

졸지에 혁련휘인 척해야 할지도 모르는 비설이었다. 비설이 문을 바라보다 간절한 듯 양손을 모아 쥔 채로 중얼거렸다.

"제발 부탁이니 아무도 오지 말아 주세요. 첫날부터 찍히고 싶진 않으니까요."

아무리 그래도 벌점은 비설 그녀 또한 사양이었다.

*　　　*　　　*

"오셨습니까?"

환영학관을 벗어난 혁련휘를 맞이한 것은 환야였다. 그리고 구석에 앉아 있던 달치 또한 혁련휘를 보고는 자리에서 일어나 반겼다.

"주인! 달치 여기 있다."

"그래. 밥은 먹었고?"

"응, 주인 만난다고 해서 미리 많이 먹고 왔다."

달치는 기분 좋은 듯 순박하게 웃었다. 그런 달치를 가만히 바라보던 혁련휘가 이내 환야에게로 시선을 돌렸다.

"흑풍이 왔던데?"

"예, 사실 오늘 심사가 끝난다고 알고 있어서 가능하면 내일까지 연락은 자제 드리려 했는데 급히 알려드려야 할 일이 있어 흑풍을 보냈습니다."

"알려 줄 일?"

"전에 말씀하셨던 환영학관 내부를 드나들던 놈의 뒤를

잡았습니다."

"날 부른 걸 보니 관련된 놈들도 알아낸 모양이군."

혁련휘의 말에 환야가 고개를 끄덕였다.

"예. 이틀 정도 붙어서 허술한 척해 줬더니 알아서 다른 놈들이 있는 곳으로 데려가 주더군요."

"그래서 쓸 만한 건 좀 건졌어?"

"몇 놈을 조겼는데 정확한 단서를 얻어 낸 건 없지만 몇 가지 새로운 사실을 확인했습니다. 우선 그들의 소속입니다. 오뢰문(五雷門)이라는 곳인데 이곳이 무척이나 수상합니다. 아무래도 이곳에 대해 캐 봐야 하는데 그러기 위해서는 비파월을 움직이셔야 할 것 같습니다."

비파월을 움직여야 할 것 같다는 말에 혁련휘는 고개를 끄덕이며 말했다.

"앞장서."

슬슬 비파월과 관련된 일도 정리하려 했다. 때가 되었다는 생각에 혁련휘가 움직이려 할 때였다.

환야가 조심스레 물었다.

"저 그런데 시간 괜찮으시겠습니까? 첫날부터 외출을 한 게 들통 난다면 곤란하실 것 같은데요."

"문제없어. 나 대신 혁련휘 흉내를 내 줄 녀석 하나를 놔 뒀으니까. 벌을 받아도 자신이 대신 받아 주겠다더군."

"전에 말하신 학관 내부에서 구했다는 그자입니까?"

"맞아."

"전에도 여쭈었지만 대체 왜 그래 준답니까?"

아무리 생각해도 이해가 안 가는지 환야가 물었고, 그런 그의 질문에 혁련휘가 간단히 답했다.

"방을 같이 써 주기로 했거든."

"무슨 말씀이신지 전혀 이해가 안 갑니다."

"그런 게 있어."

대충 넘어가는 혁련휘의 모습을 보며 환야는 슬쩍 걱정스러운 표정을 지어 보였다.

전에도 그 정체불명의 인물에 대해 의심을 가졌다.

혹시나 마교에서 붙인 간자가 아닐까 하는 생각 때문이다. 물론 그런 확률이 극히 적을 거라는 것 정도는 환야 또한 알고 있다.

마교는 아직 자신들의 존재조차 제대로 파악하지 못했으니까. 그럼에도 불구하고 밀려오는 일말의 걱정. 하지만 정작 당사자인 혁련휘는 적이라면 오히려 더 옆에 둬야 한다고 하지 않았던가.

다른 이도 아닌 혁련휘의 선택.

환야는 다시금 수긍할 수밖에 없었다. 그렇지만 걱정이 채 가시지 않는지 말 한마디 덧붙이는 건 잊지 않았다.

"그자를 곁에 두시는 건 대장의 뜻이니 아무런 말 하지 않겠습니다. 다만 나중에 그자의 신원을 조사하는 것까지 막진 않으셨으면 합니다."

"그러든지."

혁련휘가 상관없다는 듯 대답했다.

둘의 대화를 듣고만 있던 달치가 궁금하다는 듯 끼어들었다. 달치가 헤벌쭉 웃으며 연신 말을 내뱉었다.

"그자 궁금하다. 달치 그자 궁금하다. 환야가 매일 수상하다 말하는 그자가 누군지 알고 싶다!"

"나중에."

혁련휘의 짧은 한마디에 달치는 이어가던 말을 거짓말처럼 멈췄다. 그런 모습을 보며 환야는 고개를 가볍게 저었다.

정말 어떻게 하기 힘든 괴물 같은 놈이거늘 혁련휘의 말은 무조건 따르는 건 세월이 지나도 쉽사리 익숙해지지 않는 광경이다.

그래도 참으로 다행이다. 혁련휘의 말이라도 들어서 다행이지 그렇지 않았다면…… 상상만 해도 끔찍하다.

둘의 모습을 보느라 잠시 서 있는 환야를 향해 혁련휘가 말했다.

"정신 놓고 뭐하는 거야? 시간이 그리 넉넉하진 않을 텐데."

"아, 죄송합니다. 곧바로 안내하겠습니다."

환야가 슬쩍 곁눈질로 달치를 쏘아보고는 황급히 걸음을 옮겼다. 그리고 그런 환야의 뒤를 혁련휘와 달치가 쫓았다.

달치는 며칠 만에 만난 혁련휘가 반가웠는지 그의 옆에 찰싹 붙어서 뭔가를 계속 말해 댔다. 어눌한 말투에 어린아이 같은 말을 해도 혁련휘는 고개를 끄덕이며 달치의 이야기를 들어줬다.

워낙 말수가 적은 혁련휘다 보니 둘의 대화는 일방적이었다. 달치가 떠들고 혁련휘는 고개를 끄덕이거나 간단한 대답으로 화답한다.

별거 없는 대화 같은데도 달치는 뭐가 그리도 좋은지 계속해서 웃으며 떠들어 댔다.

살갑게 구는 달치를 바라보던 환야가 혀를 찼다.

'망할 놈. 나한텐 매일 막 대하는 놈이 대장 앞에만 서면 아주 순둥이네 순둥이야.'

저 무식한 근육질의 사내가 어린아이처럼 좋아하는 모습을 보고 있자니 이질감마저 들 정도다. 주먹 한 방에 집채만 한 바위도 가루로 만드는 놈이니까.

그렇게 셋은 계속해서 걸어 이내 목적지에 도달했다.

그곳은 낡은 고서점이었다. 그리고 입구에 걸린 당장이

라도 떨어질 것 같은 낡은 현판에는 만부서(萬部書)라는 이름이 적혀 있었다.

만부서라 적힌 고서점, 이곳이 바로 비파월의 사천 지부였다. 비파월은 돈으로 움직일 수 있는 최고의 정보 집단이다.

어디에도 속하지 않고, 누구의 명도 듣지 않는다.

필요한 정보가 있다면 돈을 지불하라.

그것이 바로 비파월이 말하는 자신들의 이념이다.

혁련휘가 만부서라는 현판을 바라보자 환야가 고개를 끄덕였다. 그러자 혁련휘는 만부서의 입구로 다가가 문을 열고 안으로 들어섰다.

끼이익.

열린 문틈으로 오래된 종이 냄새가 밀려온다. 창도 없고 크지도 않은 방. 그랬기에 퀴퀴한 냄새가 벽에까지 배어 있을 정도였다.

낡은 서적들이 높은 책장들에 수없이 꽂혀 있고, 남는 공간에도 곳곳에 널브러져 있다. 혁련휘의 뒤를 따라 안으로 들어선 달치가 코를 막으며 말했다.

"달치 이 냄새 싫다."

"금방 끝내고 갈 거니 참아."

혁련휘가 짧게 말하고 정면을 바라봤다.

책장에 앉아 있는 사내 하나가 씨익 웃고 있었다.

마른 체형에 염소수염을 기른 사내. 머리는 단정하게 올려 하나로 동그랗게 묶고 있고 인상은 그렇게 나빠 보이지 않았다. 수염을 기르긴 했지만 채 서른이 되지 않아 보이는 앳된 외모다.

그가 들어온 셋의 위아래를 훑다가 입을 열었다.

"흐음. 행색을 보아하니 책을 사러 오신 것 같지는 않고."

"바로 맞췄어. 정보를 사러 왔다."

비파월의 본거지는 비밀에 쌓여 있지만 이렇게 각 지부들은 오히려 대놓고 영업을 한다. 이곳 사천 지부처럼 다른 이름으로 감추곤 있지만 어느 정도 입을 통해 거점이 알려져 있는 식이다.

그렇기에 이런 식으로 손님이 찾아오는 것 또한 그리 드문 일은 아니었다. 사내의 시선이 혁련휘에게 틀어박혔다.

'이자가 수장이로군.'

사내는 단번에 셋 중 누가 우두머리인지 알아차렸다. 원래 눈치가 빠른 탓도 있지만 이번엔 딱히 그 때문이 아니었다.

그저 보는 순간 알아차릴 수 있었다. 그만큼 혁련휘에게선 특별한 분위기가 풍겼으니까.

사내의 머릿속에서 빠르게 주판이 튕겨졌다.

느낌이 왔다.

이자들은 어마어마한 돈줄이 될 거라는.

사내의 앞까지 다가온 혁련휘는 맞은편에 있는 의자를 끌어 자리에 앉았다. 그런 그를 물끄러미 바라보던 사내가 이윽고 입을 열었다.

"처음 보는 분들 같은데 미리 말씀드리죠. 저희들 영업 규칙은 간단합니다. 돈만큼 가르쳐 준다. 아주 간단하지요?"

"본론으로."

혁련휘의 말에 사내는 유쾌한 듯 웃으며 말을 이어 나갔다.

"시원시원해서 좋군요. 전 서평이라 합니다. 그리 불러 주시면 되겠고……. 자, 그럼 의뢰를 받아 볼까요."

서평이라 자신의 이름을 밝힌 그의 질문에 혁련휘가 짧게 물었다.

"오뢰문에 대한 정보가 필요해."

"오뢰문이라. 어렵지 않겠군요."

오뢰문은 이곳에 기반을 두고 있는 문파다. 그만큼 정보를 받아오는 데 시간을 소요할 필요 없이 알고 있는 것만으로도 충분했다.

그랬기에 서평은 아무렇지 않게 뒤편으로 가서 책 한 권을 꺼냈다. 그러고는 그 안에 있는 종이 하나를 꺼내 가지고 왔다.

혁련휘는 종이를 바라보며 물었다.

"가격은?"

"첫 거래기도 하고 별거 아닌 정보라 싸게 해 드리죠. 은자 오백 냥입니다."

"오백 냥?"

뒤에 서 있던 환야가 미간을 찡그리며 중얼거렸다. 은자열 냥이면 보통 사 인 가족 한 달 치 생활비가 넘는다. 그만큼 오백 냥은 우스운 금액이 아니었다.

혁련휘는 아무렇지 않게 품 안에 준비해 뒀던 종이 한 장을 꺼내어 들이밀었다.

"청운전장의 전표다."

청운전장은 중원에서 한 손에 꼽히는 전장 중 하나다. 큰전장이니 만큼 그곳에서 나온 전표라면 믿을 만하다.

서평이 재빠르게 전표를 받아 가며 혁련휘의 앞에 종이를 내려놨다. 종이 안에는 혁련휘가 의뢰한 오뢰문에 대한정보가 담겨 있었다.

오뢰문.

이 년 전 모습을 드러낸 조그마한 문파다. 오뢰문주인 단

혼창(斷魂槍) 막정. 무림에서 손꼽히는 무인은 아니지만 그
래도 한때는 감숙에서 알아주던 창의 고수다.

중도적 성향을 지닌 인물로 조용히 지내던 그가 이 년 전
갑자기 오뢰문이라는 문파를 열었다. 물론 이 년이라는 시
간이 하나의 문파를 알리기엔 턱없이 짧은 시간인 건 사실
이다.

그렇지만 그런 점을 감안하더라도 오뢰문의 대외 활동은
크게 알려진 부분이 없다. 그 탓에 오뢰문이라는 이름을 아
는 이들 또한 그리 많지 않은 실정이다.

서평에게서 건네받은 종이에는 오뢰문에 대한 여러 가지
정보들이 적혀져 있었다. 구성원의 숫자나, 어느 정도 규모
의 무력을 지니고 있는지도.

필요한 것들이 제법 많이 적혀 있긴 했지만…….

혁련휘가 종이를 툭 하고 책상 위로 내던지며 짧게 말했
다.

"장난질할 생각이냐?"

"장난질이라뇨? 저희 비파월은 정보를 파는 데 있어서
장난은 치지 않습니다. 그 정보는 정확합니다."

"맞아. 이 정보는 정확하겠지. 하지만…… 이게 전부는
아니잖아?"

혁련휘의 그 말에 서평의 동공이 흔들렸다.

그는 계속해서 이 눈치 싸움을 할 생각은 없던 모양이다.
서평이 순순히 털어놨다.

"눈썰미가 좋으시군요. 어떻게 아셨습니까?"

"알아내기 어려운 정보도 많긴 하지만 대부분이 외부적인 것들이잖아. 아니면 그들의 구성 같은 걸으로 보이는 것들뿐이거나. 겨우 이 정도로 비파월이 최고라 불리지는 않겠지."

"하하. 정말 사람 할 말 없게 만드시는군요."

"진짜 정보를 주지 않은 이유가 뭐지?"

"그렇게 나쁘게 보실 필요 없으십니다. 이유는 간단하죠. 그건 금액이 다릅니다. 그리고 사실 저로서는 처음 오시는 손님의 주머니 사정을 알 수가 없는 노릇인지라……."

서평은 은근슬쩍 혁련휘를 떠보듯 말했다.

정보 장사를 하는 입장으로서 상대의 재력을 파악하는 것은 중요했으니까. 그랬기에 이 같은 방법으로 상대가 어느 단계까지 정보를 살 수 있는 재력이 있는지를 가늠하고자 하는 것이다.

혁련휘가 물었다.

"그 정보의 가격은?"

"삼천 냥입니다."

말을 내뱉으며 서평은 세 사람을 바라봤다.

뒤에 있는 달치는 처음부터 금액에 대한 기본적인 지식이 없었기에 딴청만 부리고 있었고, 그 옆에 있는 환야는 슬쩍 미간을 찡그렸다.

그리고 혁련휘는 무표정한 얼굴로 금액을 말한 서평을 바라만 보고 있었다.

혁련휘가 천천히 입을 열었다.

"그 정도 전표는 챙겨 오지 못했군."

"뭐 돈이 마련되면 언제든지 오시지요. 정보라는 게 도망을 가는 건 아니니까요. 아, 물론 먼저 사 가시는 분이 계신다면 정보의 종류에 따라 비밀에 붙이는 경우도 있다는 점은 양해를……."

"물건도 받나?"

"물건이라면 어떤 걸 말씀하시는 건지요?"

딱히 대답 없이 혁련휘는 품에 손을 넣었다. 그러고는 검은색 전낭 주머니 하나를 그의 앞으로 툭 하고 던졌다.

자신에게 던져진 주머니를 아무 생각 없이 열던 서평은 안의 내용물을 확인하고는 자신도 모르게 놀라서 전낭을 떨어트릴 뻔했다.

가까스로 전낭을 움켜쥔 그가 떨리는 목소리로 입을 열었다.

"이, 이건!"

야명주다.

어두운 밤에도 그 빛을 토해 내는 야명주. 주황색의 빛이 은은하게 퍼져 나가는 것이 흠 하나 없고, 그 빛 또한 곱고 아름다우니 특상품임이 분명하다.

최소 수만 냥, 아니 운만 좋으면 부르는 게 가격인 물건이다.

서평이 떨리는 목소리로 말했다.

"……살다 살다 이렇게 좋은 야명주는 처음 봅니다."

"물건을 보는 눈은 있는 것 같으니 그것에 대해 길게 설명하지 않아도 되겠군. 그 정도면 받고 정보를 줄 수 있겠지?"

"물론입니다. 다만…… 워낙 고가의 물건이다 보니 파는데 시간이 걸립니다. 잔금 처리는 당장에 무리입니다."

"달아 놔."

"예?"

"한동안 비파월의 힘을 빌릴 일이 좀 있을 것 같아서. 선불로 지급했다 치지. 매번 돈을 가지고 오는 것도 번거로운 일이라서."

혁련휘의 말에 서평의 얼굴에 화색이 돌았다.

그의 제안은 비파월의 입장에서는 환영할 수밖에 없었

다. 수만 냥이 넘는 잔금을 돌려줘야 하는데 그 금액을 묶어 둔다 하니 어찌 좋지 않을 수 있겠는가.

서평이 야명주가 든 전낭을 품속에 넣으며 말했다.

"알겠습니다. 그럼 야명주의 가격을 정확하게 책정하여 그 금액에 맞는 정보를 제공하지요."

"좋아. 그럼 우선 오뢰문에 대해 제대로 말해 봐."

"그럼 삼천 냥 차감하고 시작하겠습니다."

말을 마친 서평은 옆에 놓여 있던 붓과 종이를 들어 간단하니 뭔가를 적었다. 빠르게 종이 위에 적힌 건 다름 아닌 한 사람의 별호였다.


오독귀(五毒鬼).


혁련휘가 서평을 바라보자 그가 말했다.

"오뢰문의 진짜 문주입니다. 단혼창 막정은 허수아비죠."

오독귀라는 별호는 들어 본 적 없다.

하지만 별호 가운데 들어가는 독이라는 글자, 혁련휘의 표정이 차가웠다. 자신할 순 없지만 아주 조그마한 단서를 잡은 것 같은 기분이다.

"이자의 정보는? 간단하게 말고 최대한 자세하게."

"아직 저도 정확히 정리한 건 없어서 구하려면 며칠은

걸립니다. 가격은 이천 냥인데…… 해 드릴까요?"

"최대한 빠르게 부탁하지."

말을 마친 혁련휘가 자리에서 일어났다.

이곳에서 볼일이 끝났다. 아직 밤은 길었지만 혁련휘는 돌아가야 할 곳이 있었다.

혁련휘는 뒤편에 서 있는 둘을 가리키며 말했다.

"혹시나 내가 아니더라도 이 둘에겐 부탁한 정보를 줘도 돼."

"알겠습니다. 그리 처리하죠."

"그럼 며칠 후 연락하지."

그 말을 끝으로 혁련휘는 환야, 달치와 함께 만부서라 적힌 비파월 사천 지부를 걸어 나왔다. 빠르게 멀어져 가는 와중에 환야가 마음에 안 들었는지 불만스레 중얼거렸다.

"별호 석 자에 삼천 냥이라니. 한 글자당 천 냥이랍니까?"

투덜거리는 환야와 달리 혁련휘의 머리는 복잡했다.

알아야 할 게 많다.

하나뿐인 동생의 죽음. 그리고 그 뒤에 연관되어 있을 수 많은 자들. 지금 비파월과 접촉하여 정보를 알아보기 시작한 건 그 모든 것의 시작점에 불과했다.

과연 동생의 죽음에 얼마나 많은 이들이 관여해 있을까?

하지만 상관없다. 그 숫자가 얼마가 되던 혁련휘에겐 문제가 아니었다.

변하는 건 아무것도 없으니까.

입술을 꽉 깨문 혁련휘의 두 눈에 옅은 살기가 서렸다.

'단 한 명도…… 용서하지 않는다.'


외출을 마친 혁련휘는 비밀스럽게 환영학관으로 돌아왔다. 담을 넘은 그는 모두의 눈을 피해 빠르게 자신이 기거하게 된 지학당으로 향했다.

오는 도중에 몇몇 이들이 있었지만 그들 정도로 혁련휘의 움직임을 감지할 리 만무한 노릇.

혁련휘는 물을 옮길 때 쓰는 화장실 쪽문을 통해 너무나 수월하게 안으로 들어섰다. 아무렇지 않게 화장실 문을 열고 방으로 들어서던 혁련휘가 움찔했다.

불이 꺼진 어두운 방.

하지만 혁련휘의 안력이라면 그런 방을 파악하는 건 문제가 아니다.

혁련휘가 움찔한 이유는 다름 아닌 그의 침상 때문이었다. 침상 위에 이불을 뒤집어쓴 누군가가 있다.

화장실 문 바로 옆쪽에 위치한 비설의 침상에도 뭔가 불룩 튀어 나온 게 있는 걸 확인한 혁련휘가 슬며시 침상 모서리를 발로 툭툭 찼다.

그럼에도 불구하고 침상에서 별다른 움직임이 느껴지지
않자 혁련휘가 발에 조금 더 힘을 주어 모서리를 차려고 할
때였다.

자신의 침상에 있는 이불을 뒤집어쓴 정체불명의 인물이
움직였다.

"형님~ 저 여기 있습니다."

이불 사이에서 흘러나온 조그마한 목소리의 주인공은 다
름 아닌 비설이었다. 그리고 동시에 이불 사이로 비쭉 튀어
나온 그녀의 얼굴.

혁련휘는 그런 비설의 모습에 당황했다.

"네가 왜 그 침대에 있어? 네 자리는 여기라는 말 못 들
었어?"

"혹시나 누가 들어와서 인원 점검하면 형님 흉내 내려고
여기 있었죠."

그제야 혁련휘는 비설이 왜 자신의 침상에서 얼굴까지
이불을 뒤집어쓰고 있었는지 이해가 갔다. 그러자 동시에
의문이 생겼다.

그럼 비설의 침상에 있는 이 불룩 튀어나온 건 뭐란 말인
가? 비설이 저기에 있다면……

혁련휘는 손을 뻗어 이불을 잡아당겼다.

휘익.

이불이 허공을 날았고, 동시에 침상 위의 모습이 드러났다. 침상 위에는 베개 두 개와 봇짐이 사람처럼 누워 있었다.

혁련휘는 어처구니없다는 듯이 그것을 바라보다 이내 시선을 돌려 비설을 응시했다.

그런 혁련휘의 시선 때문일까?

여전히 혁련휘의 침상에서 얼굴만 내밀고 있던 비설이 어색하게 웃으며 말했다.

"운 좋으면 속일 수 있지 않을까 하고 만들어 봤는데…… 안 먹힐까요?"

나름 진지하게 묻는 비설의 모습에 혁련휘는 침상에 만들어져 있는 가짜 사람 형상을 바라봤다.

방금 전까지 날카로웠던 감정이 정말 별것 아닌 일 하나에 순식간에 사그라졌다.

혁련휘가 짧게 말했다.

"애쓴다."

# 7장. 입관식
— 입관을 환영하지

침대에서 길게 늘어진 채 잠을 자고 있던 비설은 부스럭거리는 소리에 정신을 차렸다. 부스스한 머리를 한 채로 비설이 침상에서 몸을 일으키며 길게 기지개를 켰다.

"으아아."

기지개를 켜며 눈을 뜨던 비설의 눈동자가 맞은편에 서 있던 혁련휘와 마주쳤다.

그녀가 웃었다.

"형님. 잘 주무셨어요?"

"난 잘 모르겠고 넌 엄청 잘 잔 것 같네."

"그럼요. 며칠 동안 딱딱한 바닥에서 자다가 이렇게 침상에서 잤는데 아주 단잠 잤죠."

"……어떤 의미로 대단하네."

"네?"

여전히 웃는 얼굴의 비설이 그게 무슨 말이냐는 듯 되물었다. 하지만 혁련휘는 대답할 생각이 없는지 가볍게 침상을 정리했다.

남장을 하고 있지만 비설은 여인이다.

당연히 남자와 단둘이 방을 쓰고, 같은 곳에서 잠을 자는데 있어 어느 정도 거리낌이 있어야 정상이다. 서로 잘 모르는 사이, 그런 둘이 같은 방에서 지내게 된 첫날 밤이다.

그런데 비설은 걱정이라는 걸 모르는 것처럼 금방 잠에 빠져들었다. 그런 비설의 무신경함은 혀를 내두를 지경이다.

심사를 하는 와중에도 같은 장소에서 지내긴 했지만 그곳은 연무장을 연상케 할 정도로 넓은 곳이었기에 이곳과는 느낌 자체가 달랐다.

사실 비설이 이 정도로 무신경할 수 있는 건 그녀의 성장 과정 때문이기도 했다. 아주 어릴 적부터 사부와 산에서 숨어 살아온 비설이었기에 그런 남녀 간의 관계에 대해서는 크게 알지 못한 탓이다.

침구류 정리를 끝낸 혁련휘가 물었다.

"오늘 일정 들은 거 있어?"

심사를 모두 통과하고 환영학관에 입관하게 되긴 했지만 아직 입관식도 거치지 않았다. 모든 수업은 입관식이 끝나고 시작되니 아직까지 딱히 일정이 잡혀진 게 없는 상황이었다.

혁련휘의 질문에 비설이 답했다.

"입관식 준비를 하라던데요?"

"준비라면 뭘 말하는 거지?"

"별건 없고 학관을 나가서 입관식에 입을 옷과 학선례(學先禮)에 필요한 간단한 술과 음식을 준비하라고 하더라고요."

최고의 학관답게 환영학관에는 나름 여러 가지 예도가 존재했다. 그중 하나가 바로 입관식에서 거쳐야 하는 관례였다.

입관식에는 깨끗한 새 옷을 입고, 스승과 선배들에게 술과 음식을 대접하는 학선례라는 것이 존재한다. 입관식 날은 외부에서 가져온 술과 음식으로 환영학관 내부의 잔치가 벌어진다.

혁련휘는 귀찮다는 듯 중얼거렸다.

"하나같이 쓸데없는 것들뿐이네."

"형님. 아침 드시고 같이 사러 가죠."

"같이 가자고?"

"네, 왜요?"

"이 안에서 보는 것만 해도 지겨운데 나갈 때까지 같이 갈 이유가 있나?"

혁련휘의 차가운 말에 비설은 입술을 내밀며 말을 받았다.

"너무하십니다, 형님."

"됐으니까 각자 알아서 하자고."

"형님이 그렇게 말씀하셔도 어쩔 수 없어요. 최소 이 인 이상으로 움직이래요."

갓 학관에 입관하게 된 이들이 입관식 전에 사고를 치지 않게 하기 위해 정해진 규칙이다. 그 이야기를 들은 혁련휘가 퉁명스레 말했다.

"그걸 왜 이제 말해?"

"설마 형님이 저랑 둘이 나가는 걸 싫어하실 줄은 몰랐죠."

"앞으론 그런 조건 있으면 그것부터 미리 말해."

혁련휘의 냉정한 말에 기분이 상할 법도 하련만 비설은 웃으며 자리에서 벌떡 일어났다.

그녀가 자신의 배를 만지며 말했다.

"아, 어젯밤에 신경 좀 썼더니 벌써 배고프네요. 빨리 씻고 올 테니 바로 아침 먹으러 가요, 형님."

곧바로 화장실로 사라진 비설을 바라보며 침상에 걸터앉아 있는 혁련휘는 고개를 저었다.


아침 식사를 마치고 내일 있을 입관식을 위해 간단한 설명을 듣고 하다 보니 어느덧 한 시진이 넘는 시간이 지났다.

게다가 순서를 기다리기 위해 혁련휘와 비설은 방에서 대기해야만 했다.

입관식의 준비를 위해서 나가는 순서조차도 천단, 지단, 인단의 순서대로 진행됐다. 한 번에 다 같이 나가면 붐빈다는 이유 때문이다.

그러한 사실에 지단과 인단의 무인들은 내심 불만스러워 보였지만 어쩔 수 없었다. 천단에 들어간 자들이 실질적으로 마교의 주축이 될 이들이었으니까.

이 날을 위해 성도의 많은 가게들이 물량을 준비하긴 하지만 아무래도 늦게 갈수록 좋은 매물이 빠지기 마련이다.

천단이 먼저 옷을 고르고 그다음엔 지단이다. 그리고 마지막으로 인단이 갈 때쯤이면 괜찮은 물건은 거의 없다고 봐도 된다.

그렇지만 그들 입장에선 울며 겨자 먹기로 살 수밖에 없는 상황인 것이다.

천단이 나간 지 반 시진 정도가 지나자 마침내 지단의 인원들에게 나가도 된다는 명령이 떨어졌다. 지단의 무인들이 기거하는 지학당이 소란스러워졌다.

어찌 보면 처음 대면하는 자리.

최대한 멋스럽게 꾸며 자신들을 뽐내고 싶어 하는 이들이 많았다.

급히 움직이는 이들과 달리 혁련휘와 비설은 느긋하니 움직였다. 둘 모두 자신을 꾸며 남들보다 빛나 보이는 것에는 별 관심이 없는 탓이다.

둘은 명패를 챙긴 채로 환영학관을 벗어났다.

비설은 며칠 만에 바깥으로 나오자 기분이 좋았는지 들뜬 목소리로 말했다.

"진짜 오랜만에 외출이네요. 아, 형님은 아니시지 참."

"빨리 끝내자."

혁련휘는 모든 것이 귀찮을 뿐이었다. 옷과 술, 음식을 마련하는 걸 시작으로 해서 내일 있을 입관식까지.

귀찮아하는 혁련휘와 달리 다소 들뜬 비설이 그를 재촉했다.

"옷부터 구하고 음식을 준비하는 게 낫겠죠? 벌써 점심 시간이니 술과 음식을 주문하는 김에 거기서 식사도 하는 게 좋을 것 같은데 형님 생각은 어때요?"

"너 알아서 해."

"사실 제가 그 날 성도에 와서 여기저기 구경하면서 봐 둔 곳들이 좀 있거든요. 저만 믿으세요."

옷 가게는 걱정 말라는 듯 말한 비설은 혁련휘를 데리고 성도의 번화가로 들어섰다. 성도는 정말 많은 이들로 북적거렸다.

가뜩이나 사람이 많은 곳에 내일 있을 입관식을 위해 나온 환영학관의 무인들까지. 상인들은 신이 나서 여기저기서 물건을 팔며 목청을 높였다.

혁련휘를 데리고 가던 비설이 멈추어 선 건 번화가를 아주 조금 벗어난 곳에 위치한 비단 가게였다.

평소엔 주문을 받아서 제작하지만 오늘은 성도에 있는 많은 비단 가게들이 내일을 위해 미리 준비한 완성된 옷을 판매한다.

번화가와 벗어난 곳임에도 불구하고 이곳 또한 먼저 옷을 구매하러 온 이들로 북적거렸다.

"어서 옵쇼!"

주인으로 보이는 중년 사내가 웃음을 머금으며 다가왔다. 삼 년에 한 번 있는 대목이다 보니 그의 입가에선 웃음이 떠날 줄을 몰랐다.

웃으며 반기던 중년 사내는 이내 둘의 얼굴을 확인하고는 움찔했다.

무표정한 얼굴에 신비한 느낌, 차가운 표정에서 매력이 넘치는 혁련휘와 다소 아담하긴 하지만 새하얀 피부에 사내에게는 말도 안 되는 미모를 지닌 비설의 외모 때문이다.

오랜 시간 이곳 환영학관이 있는 성도에 터를 잡고 비단 장사를 해 왔지만 이만한 외모를 지닌 이들은 본 적이 없다.

사내의 입가가 귀에 걸렸다.

빼어난 옷을 입고 입관식에서 두각을 드러내는 건 비단 환영학관에 입관하게 된 무인들만의 관심사가 아니었다. 그곳에서 두각을 드러냈다는 건 곧 그 옷을 판 가게의 홍보가 되기도 했으니까.

일례로 저번 차에 최고의 옷을 만들었다고 알려진 왕 씨의 가게는 수입이 무려 두 배 이상으로 늘었다.

이 두 명이라면?

이처럼 뛰어난 외모의 사내들이니 설령 누더기를 걸친다 한들 어찌 어울리지 않을 수 있으랴.

중년 사내가 혹여나 둘이 나갈까 두려웠는지 그들에게 다가가 살갑게 말을 걸었다.

"아이고, 도련님들. 마침 잘 오셨습니다. 두 분께 딱 어울리는 옷들이 남아 있었는데 한번 구경 좀 하시지요."

"앗. 그래도 될까요?"

"물론이지요. 그럼 여기서 잠시만 기다려 주십시오."

주인 사내는 헐레벌떡 옆에 난 쪽문을 통해 창고로 들어 갔다. 앞에서 파는 것과는 달리 특별한 외모를 지닌 이들이 오면 팔 생각으로 따로 챙겨 둔 물건들이 있었다.

주인이 잠시 자리를 비운 틈이었다.

비설은 여기저기 걸려 있는 옷들을 보며 짧게 감탄을 하고 있었다.

"비단들이 정말 곱네요."

옷들을 어루만지며 말하는 비설의 옆모습을 혁련휘는 가만히 바라봤다. 사내의 복장을 하고 있고, 또 그렇게 행동하고 있지만 정말 천상 여인이다.

옷을 만지며 환하게 웃고 있는 비설을 물끄러미 바라보던 혁련휘가 입을 열었다.

"사내가 그런 옷 만지고 있으면 이상해 보여."

"그, 그래요?"

비설은 자신도 모르는 사이 하늘거리는 여인들의 옷을 만지작거리고 있었던 것이다. 아무래도 여인이다 보니 그런 예쁜 옷에 눈이 가는 건 어쩔 수 없는 모양이다.

혁련휘의 말에 퍼뜩 정신을 차리고 손을 떼긴 했지만 여전히 비설의 시선은 화려하고 아름다운 여인의 옷에 고정되어 있었다.

그녀가 아쉬운 목소리로 말했다.

"에이, 저런 옷도 한번 입어 보고 싶었는데 아쉽다."

"여태 계속 입어 봤을 거 아냐."

"저 저렇게 화려하고 예쁜 옷은 한 번도 못 입어 본걸요?"

"왜?"

혁련휘가 이해가 안 간다는 듯 되물었다.

정말로 사내도 아니고 남장 여인이다. 그리고 처음 만났을 때만 해도 여인의 복장을 하고 다니지 않았는가.

환영학관에 입관하기 위해 남장을 한 것이지 평생을 그렇게 살아온 건 아닐 게다.

더군다나 그렇다 해서 지금 비설이 보고 있는 옷이 엄청 고가의 물건이거나 또는 드물 정도로 화려한 것도 아니다.

곱고 아름답기는 했지만 흔하게 볼 수 있는 옷 중 하나였다.

혁련휘가 되묻자 비설이 답했다.

"사부님하고 산에서만 살았거든요. 그러다 보니 거의 무복을 입거나 종종 옷을 사 오셔도 처음 만났을 때 보셨던 것처럼 엄청 수수한 것들만 가져오시더라고요. 거기다 얼마나 보는 눈이 없으신지 사 와도 늘 어두침침한 느낌의 옷만 사 오시는데, 그것도 능력이라니까요?"

웃으며 말하는 비설의 말에는 원망 같은 건 느껴지지 않았다. 그저 재미있지 않느냐는 듯한 말투.

그런 비설을 혁련휘는 그저 바라볼 수밖에 없었다.

처음 봤을 때부터 느꼈지만 천진난만함에 가까운 밝음을 지닌 여인이다. 긍정적이고, 항상 웃는다.

사실 혁련휘에게 이런 부류의 사람은 처음이었다.

그래서인지 평소보다 조금 더 휘둘리고, 또 자신도 모르게 시선이 간다.

자신에게 없는 많은 걸 가지고 있었으니까.

둘 사이에 잠시 말이 끊기는 그때였다.

때마침 창고로 들어갔던 가게 주인이 옷을 들고 모습을 드러냈다. 그는 자신만만한 얼굴로 두 사람에게 옷을 내밀었다.

풍기는 분위기 때문인지 혁련휘에겐 검은색 옷이, 그리고 비설에게는 청색의 옷이 주어졌다.

외관은 그리 특별하진 않았지만 비단의 재질도 그리 나쁘지 않았고, 또 더 많은 곳을 둘러볼 정도로 둘은 의복을 구하는 데 의욕이 있지도 않았다.

이 정도면 됐다 생각했는지 비설이 혁련휘를 올려다보며

물었다.

"이걸로 할까요, 형님?"

"그러지."

혁련휘가 대답과 함께 돈이 들어 있는 전낭을 꺼내려 할 때였다. 비설이 그런 혁련휘의 손을 막으며 말했다.

"여긴 제가 사겠습니다."

"네가?"

"예. 계속 도움 받은 게 감사하기도 하고…… 사실 산에서 하산할 때 사부님한테 받은 노잣돈도 좀 남아 있거든요. 저 은근 부자라고요."

자랑스레 손에 쥔 은자 몇 냥을 보여 주는 비설을 보며 혁련휘는 그 몇십 배에 달하는 돈이 든 전낭에서 슬며시 손을 뗐다.

저렇게 좋아하고 있는데 굳이 흥을 깨고 싶진 않은 기분이 들어서다.

혁련휘가 고개를 끄덕이자 옷값을 지불한 비설이 신이 난 목소리로 말을 이었다.

"그럼 밥은 형님이 사시는 겁니다?"

비설의 그 말에 혁련휘가 평소 그녀가 먹는 음식의 종류를 상기했는지 작게 중얼거렸다.

"밥값이 옷값보다 더 나갈 거 같은데."

"에이, 그 정도는 아닙니다."

엄살 부리지 말라는 듯이 말하는 비설이 환하게 웃었다.

*      *      *

청학 중 천단의 인원들이 기거하는 천학당.

환영학관 내부에서 가장 뛰어난 인재들이 모이는 곳이 바로 이곳이다. 높은 배분, 그리고 개중에 가장 우수한 인재들이 모이는 곳.

혈뢰주가 가주의 아들인 주자악의 거처 또한 이곳이었다. 그리고 그런 그의 맞은편에 앉아 있는 자.

곱상한 주자악과는 달리 사납게 생긴 그는 왕육이라는 이름을 지닌 사내였다. 커다란 몸에 패도적인 기운이 물씬 풍기는 인물.

마도 쪽의 인물로 환영학관 내에서 주자악의 최측근으로 활동하고 있다.

차를 마시고 있던 주자악의 입가에 미소가 머물렀다. 왕육이 가져온 정보 때문이다.

"그래? 혁련휘 그놈이 붙었다 이거지?"

주자악은 갑자기 쓰던 찻물이 달게만 느껴졌다. 그 정도 놈이라면 당연히 학관에 들어올 거라 생각했지만 그래도 막상 소식을 전해 들으니 기분이 남다르다.

그런 주자악의 모습이 왕육은 이해가 가지 않았다.

왕육이 말했다.

"천단도 아니고 지단에 들어갈 정도의 놈을 왜 네가 이렇게 신경 쓰는지 모르겠다."

"그놈이 천단에 들어갔는지 지단에 들어갔는지가 중요한 게 아냐. 중요한 건 그놈이 내 앞에서 무릎 꿇지 않았다는 거지."

찻물을 마시던 주자악은 그 날의 기억이 떠올랐는지 입가에 비웃음을 머금었다.

식당에서 있었던 작은 다툼.

어찌 보면 별거 아닌 일이었지만 주자악에겐 아니었다.

'난 언젠가 천하를 다스릴 가문의 사내다.'

당장엔 아니지만 주자악은 혈뢰주가가 결국 마교의 주인으로 설 거라 믿었다. 그런 자신에게 대적하는 상대를 그냥 둔다는 건 결코 있을 수 없다.

일벌백계라 했다.

한 놈을 벌해 백 명의 다른 자들에게 자신이 어떠한 존재인지 부각시킬 필요가 있다. 최근 들어 학관 내부에서도 주자악에게 슬슬 기어오르는 이들이 눈에 보이던 차다.

그러던 상황에 딱 좋은 먹잇감이 나타났다.

마교의 인물이긴 했지만 별다른 배경이 있는 것도 아니다. 그 말은 곧 건드린다 해도 딱히 큰 뒤탈이 없다는 걸 의미했다.

주자악은 이번 기회에 보여 주려 하고 있는 것이다.

설령 마도의 인물이라 할지라도 자신에게 기어오르는 자에게 어떤 최후가 기다리는지를.

주자악이 흥이 가득한 목소리로 말했다.

"나에게 건방지게 고개를 치켜든 대가는 치러야 하지 않겠어?"

"어떻게 할 생각이야?"

왕육의 질문에 주자악은 잠시 뜸을 들였다.

주자악은 즐거웠다.

정말 오랜만에 재미있는 장난감을 얻은 기분이다.

혁련휘를 어떻게 가지고 놀까 고민하던 주자악이 문득 생각났는지 입을 열었다.

"여덟 살 무렵이었나? 그때 내가 정말 좋아하던 장난감이 하나 있었지. 항상 가지고 다녔고, 잘 때도 항상 옆에 둘 정도로 좋아했던 장난감이었어. 그런데 내가 실수로 그 장난감을 부숴 버린 거야. 그때 내 기분이 어땠는지 알아?"

"슬펐겠지."

왕육의 대답에 주자악은 피식 웃었다.

이러니 이놈이 평생을 자신의 아래에서 사는 거다.

슬펐냐고? 아니, 오히려 그 반대였다.

주자악이 웃으며 말했다.

"재밌더라."

"아끼던 장난감이라며?"

"그래. 그러니 더 재미있더라고. 그때 알았어. 장난감은 가지고 노는 것도 좋지만 결국엔…… 부술 때가 제일 재미있다는 걸."

주자악이 찻잔에서 손을 떼며 놀란 듯 자신을 바라보는 왕육을 향해 말을 이었다.

"기대되는군. 내 새로운 장난감이 얼마나 날 즐겁게 해 줄지."

가지고 놀아 줄 거다.

그리고 그 재미가 다 하는 그 순간…… 철저하게 박살을 낼 것이다. 어릴 적 부숴 버렸던 그때 그 장난감처럼.

*　　*　　*

입관식의 날이 밝았다.

점심 식사를 마치고 돌아온 비설은 벽에 걸린 자신의 옷을 바라봤다. 어제 새로 산 옷이 마음에 드는지 비설은 그것을 이리저리 살피고 있었다.

　세안을 마치고 나오던 혁련휘는 입구 쪽에 서 있는 비설을 향해 짧게 말했다.

　"거치적거려."

　웃는 얼굴로 옷을 보던 비설이 그 한마디에 퍼뜩 정신을 차리고 옆으로 비켜섰다.

　그녀를 지나쳐 자신의 침상에 간 혁련휘가 짧게 말했다.

　"옷 갈아입을 건데 계속 거기 있을 거야?"

　"등 돌리고 있어도 괜찮죠?"

　"편한 대로."

　비설이 몸을 돌려 벽을 바라본 채로 입을 열었다.

　"하아, 어제 나간 김에 진품만두를 먹었어야 했는데 아쉽네요."

　"또 그 소리냐?"

　어제 오후부터 지금까지 몇 번은 들은 이야기다.

　진품만두를 파는 가게가 열기 전이라 둘은 그저 객잔에서 간단하게 식사를 하고, 또 오늘 가져와야 할 술과 음식을 예약만 하고 와야 했다.

　음식을 전날 사 두면 상하는 탓에 이런 식으로 예약을 해 두면 당일에 입관식이 열리는 장소로 직접 배달을 해 준다 들었다.

옷을 갈아입은 혁련휘가 입을 열었다.

"다 됐어."

말이 떨어지자 비설이 고개를 돌려 옷을 갈아입은 혁련휘를 바라봤다. 그녀는 진심으로 감탄했다. 저렇게 검은 옷이 잘 어울리는 사내는 흔치 않을 게다.

비설이 그런 혁련휘를 향해 가감 없이 속내를 드러냈다.

"이야, 역시 우리 형님 잘생겼다!"

"호들갑 떨지 마."

비설의 이런 행동이 이제는 조금 익숙해졌는지 혁련휘는 아무렇지 않게 말을 받았다. 혁련휘가 침상에 걸터앉기 무섭게 바깥에서 커다란 목소리가 들려왔다.

"반 각 안에 모두 입구로 집합이다!"

혁련휘는 곧바로 침상에서 일어났다.

그가 아직도 옷을 보고 있는 비설을 향해 말했다.

"먼저 나가 있을 테니 옷 갈아입고 나와."

"알겠습니다, 형님."

웃는 비설을 뒤로한 채 혁련휘는 바깥으로 걸어 나갔다. 외침을 들은 이들이 속속 방을 빠져나와 지학당의 앞에 있는 넓은 공터로 몰려들었다.

먼저 나온 혁련휘는 자리에 선 채로 다른 이들을 기다렸다.

하나둘씩 빠져나오는 이들. 그리고 그들 사이엔 비설도 있었다. 인파들 사이를 힘겹게 헤집고 나온 비설이 혁련휘에게 다가와 섰다.

"어휴, 이것만 해도 인원이 어마어마한데 다른 단들까지 모인다니 끔찍하네요."

천지인으로 나눠진 세 개의 단. 그리고 청학과 홍학으로 또 나뉘어져 있으니 그 숫자가 얼마나 많을지는 가늠조차 되지 않는다.

몇몇의 교관들이 인원 파악을 끝내고는 앞에 가서 섰다. 개중 한 명이 모두에게 오늘 있을 입관식이 얼마나 중요한지 연설을 늘어놓기 시작했다.

"너희들은 여태 환영학관에 있긴 했지만 오늘 있을 입관식을 통해 진짜 이곳 소속의 무인이 되는 것이다. 아주 중요한 행사니 혹여나 분란의 소지가 있을 행동은 자제하도록 해라."

형식적인 이야기가 끝나자 교관들은 이내 선두에 서서 지관에 속한 이들을 데리고 행사가 있을 장소로 이동했다.

행사장에는 이미 많은 준비가 갖춰져 있었다.

수천 명이 모여도 모자라지 않을 것 같은 넓은 장소, 그 넓은 장소에는 이미 식사를 할 자리와 또 주문한 음식들이 속속들이 도착해 있었다.

그저 근처에 갔을 뿐이거늘 음식 냄새가 요동칠 정도로 많은 것들이 준비되어 있었다.

식사를 할 자리와는 별개로 도열할 수 있는 곳으로 일행들은 안내가 됐다. 그리고 그곳에는 이미 전 기수인 청학의 무리들이 자리하고 있었다.

선배들이 먼저 입장해 후배들을 기다리는 형상이었다.

입장 또한 천, 지, 인의 순서로 이루어졌기에 혁련휘와 비설은 중간 순번으로 입장할 수 있었다. 그리고 마지막으로 인단이 모습을 드러냈다.

인단까지 자리에 서자 기다렸다는 듯이 커다란 북 소리가 울려 퍼졌다.

둥! 둥! 둥!

세 번의 북소리, 동시에 미리 단상에 앉아 있던 환영학관의 주요 인물들이 자리에서 일어났다. 바로 그때 기다렸다는 듯 아주 멀리에서 누군가가 날아올랐다.

파라라락!

허공을 날다시피 움직인 인물 하나가 단상 가운데로 뚝 떨어졌다. 그의 정체는 다름 아닌 환영학관의 부학장 단노백이었다.

그의 놀라운 경공술 때문인지, 아니면 단노백이라는 인물의 존재감을 느껴서인지 모두가 기다렸다는 듯 함성을 토해 냈다.

"와아아아!"

사방에서 들려오는 소리를 웃는 얼굴로 만끽하던 그가 손을 들어 올렸다. 그 순간 그토록 커다랬던 고함 소리가 거짓말처럼 사그라졌다.

청학과 홍학이 모두 모인 자리.

환영학관 내부에서 이토록 많은 이들이 한자리에 모이게 되는 경우는 극히 드물다.

단노백이 단상 위에서 입을 열었다.

"환영학관의 부학장, 단노백이라 하네. 원래 이 자리엔 학장님이 서셔야 했겠지만…… 피치 않은 사정으로 내가 서게 된 점 양해들 부탁하지."

마치 용무가 있어 자리에 못 온 듯 말하고 있지만 환영학관의 학장이 이런 자리에 잘 참석하지 않는다는 건 아는 이들은 모두 아는 공공연한 비밀이었다.

단노백이 웃음기 가득한 얼굴로 좌중을 보며 장난스럽게 말했다.

"저 고리타분해 보이는 아저씨가 무슨 말을 하려는 건가 벌써부터 하품하는 녀석들이 보이는데 말이야. 최대한 빨리 끝내 줄 테니 걱정들 말게. 준비된 음식이 식기 전에는 먹어야 하지 않겠는가?"

긴장된 분위기를 풀려는 단노백의 말에 많은 이들이 가볍게 웃음을 흘렸다. 그런 분위기 속에서 단노백이 말을 이었다.

"이번에도 우수한 많은 인재들이 이곳 환영학관에 지원했다 알고 있네. 그리고 그중에서도 고르고 고른 재능 충만한 인재들이 바로 여기 있는 자네들이고. 그러니 이곳에 있는 자네들은…… 자부심을 가져도 좋네. 자네들이 바로 앞으로 무림을 이끌 기둥들이 될 테니."

작은 목소리임에도 불구하고 심후한 내력이 담긴 단노백의 목소리는 천 명이 넘는 대인원을 압도했다.

그의 목소리가, 매서운 눈동자가 좌중을 짓눌렀다.

모두가 마른침을 삼키며 단노백의 다음 말을 기다릴 때였다. 그가 어깨를 으쓱하며 입을 열었다.

"그러니 혹시나 다들 나중에 성공하면 날 잊지 말게나."

그 한마디에 심각했던 자리 곳곳에서 웃음이 터져 나왔다. 그런 좌중을 바라보며 인상 좋아 보이는 미소를 머금은 단노백이 마지막 말을 내뱉었다.

"그럼 새로운 홍학들을 환영하지. 입관을 축하하네. 그럼 이제 학선례를 통해 서로를 알아 가는 즐거운 잔치를 시작하지."

그의 연설이 끝나자 많은 이들이 우레와 같은 박수를 보냈다. 그런 박수를 받으며 단노백이 아래에 있는 교관들에게 가볍게 신호를 보냈다.

그들은 빠르게 자기들이 맡은 곳으로 가서 인원들을 이동시켰다.

청학의 천단, 그 이후엔 홍학의 천단이 나간다.

홍학이 아래 기수라고 하지만 천단과 지단은 다르다. 그리고 인단과는 더더욱 대우가 다르다.

천단, 지단, 인단.

이것은 어쩌면 이곳 환영학관에선 계급과 가깝다.

내심 후배들보다 낮은 대우를 받는 것이 불쾌할 법도 하련만 그런 생각을 입에 담는 이는 없었다. 그것이 이곳의 법도임을 너무나 잘 알았으니까.

그리고 어쩌면 그것은 환영학관을 넘어 이곳 무림의 계급과도 같았다.

천단은 마도인들만이 들어갈 수 있는 곳. 결국 그들은 마교로 돌아가 주요한 직책을 맡을 것이다.

마도천하다.

그런 세상에서 마교의 인물들이 더 높은 대우를 받는 건 어쩔 수 없었다. 그랬기에 환영학관에 몸담은 정파의 무인들은 더욱 성공을 갈망했다. 그래야만 이런 수모를 당하지 않을 테니까.

혁련휘와 비설이 속한 홍학의 지단은 여섯 개 중 네 번째 순서다.

빠져나가는 이들을 보던 비설이 중얼거렸다.

"정말 엄격히 구분하네요. 이렇게 정사를 나눠 구분 짓는 게 맞는 행동인지 잘 모르겠어요. 다른 곳도 아닌 학관이라는 곳에서."

학관은 말 그대로 배우는 곳이다.

그런 곳에서조차 이렇게 엄격하게 계급을 나눴다. 더군다나 환영학관이 만들어진 이유가 무엇인가. 이제는 음지로 숨은 정파인들을 흡수하기 위함이 아니던가.

그런 이유로 만들어진 곳에서도 이 같은 차별이라니. 비설 또한 이 상황을 아예 이해 못 하는 건 아니다. 하지만 그럼에도 불구하고 씁쓸한 건 어쩔 수 없다.

적어도 배움의 장소인 이곳만큼은 공평해야 한다고 생각했으니까.

직접 눈으로 차별을 받는 정파의 무인들을 보니 비설은 자신의 어깨에 놓인 짐의 무게를 다시금 실감했다.

그녀가 해야 할 임무.

그것을 위해 비설은 강해졌고, 이렇게 환영학관에 들어오지 않았던가. 내심 비설이 마음을 다잡고 있을 때였다.

대답을 기대하지 않았던 혁련휘가 입을 열었다.

"그나마 이게 나아진 거다."

"이게 나아진 거라고요?"

"원래 정파의 인원들은 모두 재능 여부를 떠나 인단으로만 들어갈 수 있었다. 그걸 마교 소교주가 최대한 뜯어고치려 노력했지. 그는 정사가 다투지 않고 화합하길 바라는 인물이거든. 그래서 그나마 지단까지 정파의 무인들이 들어올 수 있게 개편된 거다."

"마교의 소교주라는 분 꽤 좋은 사람이군요."

"……바보 같을 정도로 좋은 사람이었지."

혁련휘의 말에 비설은 고개를 갸웃했다.

뭔가 그의 말투가 이상하다는 생각이 들어서다. 평소와 다르게 묘하게 감정이 담긴 듯한 목소리다. 그렇지만 비설의 생각은 이어지지 못했다.

"홍학의 지단도 움직인다."

교관의 외침에 비설은 그것에 대해 묻지 못하고 황급히 움직여야만 했다.

우르르 움직인 지단은 이내 자신들의 자리에 가서 착석했다.

선배와 후배가 인사를 하는 자리인 학선례.

각자가 자리한 탁자 앞에는 어제 나가서 객잔에서 주문했던 음식들이 자리하고 있었다.

새로이 들어온 홍학의 무인들이 마련한 술과 음식으로 스승과 선배들에게 대접하며 앞으로 잘 부탁드리겠다는 인사를 드리는 자리.

그리고 탁자의 맞은편에는 같은 단의 선배들이 자리했다.

나란히 앉은 혁련휘와 비설도 마찬가지였다. 둘의 앞에는 청학의 지단 무인들이 자리하고 있었다. 하지만 그들의 표정은 그리 곱지 못했다.

혁련휘를 바라보는 얼굴에는 불편한 감정이 역력했다.

학관에 입관하기 전부터 이미 인기인이 되어 버린 혁련휘다. 주자악과 다툼을 벌인 자를 어찌 모를 리 있겠는가.

혁련휘의 얼굴을 모르는 이는 있어도, 이야기를 듣지 못한 자는 없다 해도 과언이 아니다.

인단까지 모두 자리에 착석하자 예정대로 학선례가 시작됐다.

다른 탁자는 그나마 후배들이 어떻게든 먼저 선배에게 말을 걸며 이야기를 시작했지만 이 탁자는 아니었다.

혁련휘는 팔짱을 낀 채로 그저 앞에 있는 이들을 응시했다. 그런 혁련휘의 모습에 오히려 청학의 무인들이 불편한 듯 시선을 피했다.

그들은 어색한지 괜히 술잔만 홀짝였다.

비설은 그런 분위기를 파악했는지 자신이 먼저 나서서 이야기를 꺼냈다.

"안녕하세요, 선배님들. 비설이라고 합니다. 앞으로 잘 부탁드리겠습니다."

"나도 잘 부탁하네."

"크흠."

한 명은 인사를 받고 나머지 하나는 고개를 끄덕이는 것으로 대답을 대신했다. 애써 말을 시작하긴 했지만 인사가 끝나자 다시금 적막함이 감돈다.

비설이 어떻게든 분위기를 쇄신하기 위해 입을 열려고 할 때였다.

맞은편에 자리한 두 사내의 뒤편으로 누군가가 모습을 드러냈고, 혁련휘와 비설의 시선도 저절로 그곳으로 향했다.

거구의 사내가 반대편에서 혁련휘를 내려다보고 있었다.

"어이."

툭툭.

갑자기 모습을 드러낸 거구의 사내는 맞은편의 두 사내가 앉아 있는 의자를 가볍게 발로 툭툭 쳤다.

무례한 행동에 인상을 찌푸리며 고개를 돌렸던 둘은 이내 뒤편에 있는 이들을 확인하고는 화들짝 놀랐다.

청학 천단 소속의 무인 왕육이다.

그리고 그의 뒤편에는 언제나처럼 그가 자리하고 있었다.

혈뢰주가의 핏줄 주자악이.

왕육이 눈을 부라리며 짧게 말했다.

"비키지?"

"그, 그래."

놀란 두 명이 벌떡 일어나 자리에서 멀어졌다. 두 명이 비킨 자리로 주자악이 천천히 다가와 앉았다.

혁련휘의 맞은편에 자리한 주자악이 웃는 얼굴로 인사를 건넸다.

"우리 구면이네? 멀리서 보고 반가워서 왔어."

"처음부터 찾아다닌 게 아니고?"

"하하! 설마 그럴 리가 있나. 내가 어째서 일개 지단의 무인인 널 위해 그래야 하지?"

"내가 묻고 싶은 말이군."

혁련휘의 말에 주자악은 일순 할 말을 찾지 못했다.

사실 혁련휘의 말이 모두 맞았으니까. 다만 그렇다고 인정하기엔 꼴이 우습지 않은가. 그런 미묘한 둘 사이의 신경전을 느꼈는지 앉아 있는 주자악의 뒤편에 서 있던 왕육이 눈을 부라리며 탁자로 한 걸음 다가섰다.

"이 자식이 돌았나. 감히 어디서……."

혁련휘가 살기를 뿜어내며 자신을 내려다보는 왕육을 향해 입을 열었다.

"개인적으로 누군가 날 내려다보는 걸 좋아하지 않아서 말이야."

"그래서 뭐?"

"고민하고 있어. 다리를 부숴서 높이를 맞출지 아니면 머리를 잡아서 아래로 끌어내릴지. 원하는 걸로 해 줄 순 있는데 뭐로 할래?"

"이 새끼가!"

왕육이 버럭 소리를 지를 때였다.

주자악이 손을 들어 그런 그를 막았다.

이곳은 보는 눈이 너무 많다. 다른 건 몰라도 수뇌부의 인물들도 자리하고 있고, 많은 교관들의 시선도 있다.

이런 곳에서 대놓고 싸우는 것은 자신에게도 좋지 않다.

싸움이 벌어진 건 아니었지만 이미 많은 이들의 이목이 이곳에 쏠려 있다.

갑작스러운 상황에 비설이 어쩔 줄 몰라 하고 있을 때였다. 주자악의 시선이 잠시 비설에게로 넘어갔다.

"옆에 있는 자네도 낯이 익군. 처음 만났던 그때도 아마 옆에 같이 있었던 것 같은데…… 맞지?"

"아, 안녕하세요."

"그래. 항상 같이 있는 걸 보니 아주 절친한 모양이야."

웃으며 말하고 있지만 비설은 알 수 있었다.

지금 자신이 이자에게 찍혔다는 것을.

'하아. 귀찮게 됐네.'

주자악이 어떤 존재인지 어느 정도 알고 있다. 이자와 연관된다면 학관 생활이 결코 순탄하지 않을 거라는 것도.

튀고 싶지 않은 그녀에게 주자악과 엮이는 건 결단코 피해야 할 일이었다. 하지만 이미 쏟아진 물을 어찌하랴.

비설이 절망하고 있을 때 주자악이 다시금 혁련휘를 향해 말했다.

"합격할 수도 있겠다고 생각했지만 그래도 이렇게 만나게 되니 왠지 인연이 아닌가 싶군그래."

"그래? 난 그쪽 기억도 못 하고 있었는데 말이야."

"뭐라고 지껄이는 거냐? 자악이가 오냐오냐해 주니 네깟 놈이 뭐라도 되는 줄 아는 모양인데 자꾸 그딴 식으로 말하면……."

내심 분을 삭이지 못하고 있던 왕육이 다시금 나섰을 때였다.

혁련휘가 퉁명스레 말했다.

"주인을 위해 꼬리를 흔드는 것밖에 못 하는 개가 칭찬을 받고 싶어서인지 낄 데 안 낄 데 구분을 못 하는군."

"개, 개?"

개라는 말에 얼굴이 새빨개진 왕육이 참지 못하고 주먹
으로 탁자를 내려쳤다.

타악!

주먹이 막 탁자에 닿으려는 순간이었다. 빠르게 움직인
주자악의 손바닥이 왕육의 주먹을 탁자에 닿으려는 직전에
막아 냈다.

흥분해서 주먹을 휘두르던 왕육은 주자악의 차가운 눈빛
에 그제야 정신을 차렸다. 잠시 왕육을 쏘아보던 주자악이
시선을 돌려 혁련휘를 바라봤다.

"이런 좋은 날 싸움이라니 안 될 일이지. 안 그런가?"

말을 마친 주자악이 천천히 술병을 들어 혁련휘의 잔에
술을 따랐다. 넘치다시피 잔을 꽉 채운 그가 이내 자신의
것에도 마찬가지로 술을 따랐다.

술잔을 든 주자악이 웃는 얼굴로 말했다.

"내 자네와의 인연을 이 술 한잔으로 시작하고 싶은데.
자네는 어떤가?"

돌려 말하고 있지만 혁련휘는 알 수 있었다.

대놓고 드러내는 적의, 어찌 모를 수 있겠는가. 서로 기
분을 풀자는 술잔이 아니다. 지금부터 자신의 힘을 보여 주

겠다는 선전포고다.

혁련휘가 손을 뻗었다.

잔으로 향하는 손을 웃는 얼굴로 바라보던 주자악의 표정이 일그러지는 건 순식간이었다.

혁련휘가 손끝으로 술잔을 툭 쳐서 넘어트렸다.

꽉 찼던 술이 탁자에 줄줄 흘렀다.

혁련휘가 술잔을 세우고는 아무렇지 않게 말했다.

"흘렸군. 다시 채워 줄 생각 있나?"

"……후후. 내가 술잔을 채우는 기녀가 아니라서 말이야."

주자악이 웃으며 자리에서 일어났다.

혁련휘를 내려다보며 주자악이 입을 열었다.

"인사가 끝났으니 이만 가 보지. 즐거운…… 학관 생활 보내길."

고개가 돌아가는 바로 그 순간 주자악의 입가에 걸려 있던 미소가 거짓말처럼 사라졌다.

표독스러움이 가득한 표정. 그것은 흡사 나찰을 연상케 했다.

# 8장. 양우생

— 누추한 곳입니다

입관식이 끝나고 그 이튿날.

진정한 환영학관에서의 생활이 시작되었다. 오전에는 내공심법 수업이 있고, 오후엔 병장기를 다루는 수업이 기다리고 있다.

환영학관에서 가장 신경을 쓰는 건 역시나 심법이었다. 기본적으로 환영학관에 들어올 정도의 무인이라면 일류 이상의 실력을 지니고 있다.

그 말은 곧 이미 자신만의 내공심법을 익히고 있다는 걸 의미했다. 그랬기에 마교의 무공을 마구잡이로 가르쳤다가는 오히려 주화입마에 들 수 있다.

그랬기에 체계적으로 단계를 밟아 나가야 한다.

우선은 다른 내공심법을 익히고 있어도 전혀 문제가 없는 구음진기(九陰眞氣)라는 것을 배우게 된다. 이것은 몸 안에 쌓여 있는 내공을 보다 조화롭게 만들어 주는 효과를 지니고 있다.

구음진기라는 심법으로 쌓은 내공은 기존의 것들과 전혀 충돌 없이 단전에 쌓인다. 구음진기가 일정 수준 이상이 쌓이면 그때부터는 그걸 기반으로 해서 환영학관의 무공들을 익혀 가는 것이다.

물론 환영학관에서 마교의 많은 무공들을 가르쳐 주는 건 아니다. 이미 본인들의 무공이 어느 정도 잡혀 있는 이들을 모은 것이 아닌가.

더군다나 그 누가 자신의 절기를 남에게 가르치려 하겠는가. 기본이 되거나 널리 알려진 무공 위주로만 가르칠 뿐이다.

환영학관에서 가르치는 건 특별하거나 새로운 무공이 아니다.

무학의 이치를 가르치고, 또 그로 인해 깨달음을 얻어 스스로의 무공을 진보시키는 것이 환영학관이 나아가려는 방향이다.

하나의 문파도, 세가도 아니다.

근본이 같지 않으니 각기 전혀 다른 내공심법과 무공을 익힌 이들이 모인 곳에서 특별한 무공을 가르친다는 건 애초부터 불가능하다.

아주 어린 나이부터 차근차근 다진다면 모를까 이미 성인이 되고도 한참은 지난 이들을 모아 놓고 근본부터 바꿀 순 없는 노릇이다.

그리고 애초에 이곳에 모인 이들 또한 환영학관에서 새로운 무공을 기대하고 온 것도 아니다.

목표는 하나.

마교 입성이다.

이곳에서 보내는 동안 제각각 스스로의 실력을 다듬어 더 높은 경지에 오르고자 한다. 곁에 있는 수많은 동년배들 모두 어딘가에서 한가락 하던 자들.

호승심 또한 개개인의 발전엔 무시하지 못할 요소다.

그 덕분에 환영학관 자체적으로 특별한 무공을 가르치는 것이 아님에도 불구하고 들어올 때와 나갈 때 완전히 달라진 실력을 자랑하는 이들이 많다.

환영학관에서의 시간이, 그리고 이곳에서만 겪을 수 있는 경험이 무인으로서 스스로를 한층 발전시켜 준다는 걸 의미했다.

그리고 일주일에 한 번씩 있는 교양 수업.

말이 교양이지 단마다 들을 수 있는 건 정해져 있다. 지단과 인단은 마교와 관련된 지식과 무리에 대한 교육을 받는다.

그에 반해 천단은 다르다.

그들이 받는 교육은 다름 아닌 아랫사람을 다스리는 방법, 일명 제왕학(帝王學)이라 불리는 그것이었다.

천단은 마교의 무인들만이 들어갈 수 있는 곳.

한마디로 성공이 보장된 이들이라는 거다. 그들은 훗날 마교의 핵심 인물들이 될 것이고, 그러기 위해서는 알아야 할 게 있다.

바로 군림하는 방법이다.

그들은 위에서 아랫사람을 다스려야 하고, 또 이런 학관 생활을 통해 자연스레 그런 것을 몸으로 습득한다. 실제로 지단과 인단이라는 이들을 아래에 두고 생활하며 그들에게 어찌 대해야 하는지를 배운다.

이런 경험과 과정을 통해 그들은 자연스레 위에서 군림하고, 마도천하가 된 지금의 무림 체계를 더욱 견고하게 만든다.

처음부터 단이라는 구분을 만들어 상하를 나눈 것 자체가 교묘한 노림수가 숨어 있었다.

훗날 같이 마교에 있다 해도 위아래를 명확하게 그들의

머리에 각인시킬 수 있는 것이다.

환영학관.

겉으론 정사의 화합을 위해 만든 학관이라 말하지만 실제론 마교가 백 년, 천 년 정파의 위에 군림하기 위해 만들어진 교육기관일 뿐이다.

계속해서 아래에 있던 자들이 과연 조금 더 높은 자리에 오른다 해도 달라질까?

아니, 이미 더 높은 자리에 있을 천단의 무인들에게 그들은 계속해서 굴복해야만 할 것이다.

익숙해진다는 것, 그것이 그래서 무서운 거다. 젊을 때부터 그렇게 살았고, 배워 왔으니 그들의 아래에 있다는 사실에 불만을 가지지 않게 된다.

첫날의 오후 수업까지 마친 비설이 혁련휘를 찾아 이곳저곳을 돌아다녔다.

수업을 마치고 돌아오기 무섭게 나가 버린 혁련휘를 처음엔 아무 생각 없이 기다렸다. 하지만 그것도 반 시진 정도 흐르자 은근 걱정이 되기 시작한 것이다.

비설은 지학당 내부를 돌며 혁련휘를 불렀다.

"형님~"

이곳저곳을 살폈지만 혁련휘의 모습이 보이지 않았다. 비설은 자리에 선 채로 머리를 긁적였다.

'무슨 일이 생긴 건 아니겠지?'

비설이 이토록 신경 쓰는 건 다 이유가 있었다.

다름 아닌 주자악 때문이다.

청학 천단 소속이자 실질적인 환영학관의 실세 중 하나인 그에게 혁련휘는 완전히 눈 밖으로 나 버렸다. 그 정도 인물이라면 눈 하나 깜빡하지 않고 혁련휘에게 해를 끼칠 수 있을 것이다.

만약 주자악에게 혁련휘가 무슨 일을 당하게 된다면 비설의 입장으로선 불편할 수밖에 없었다.

이 모든 싸움의 시작에 비설의 책임이 없다 할 수 없었으니까.

식당에서 자리 한 번 잘못 앉은 것치곤 그 대가가 너무 크긴 했지만 어찌 됐든 혁련휘에게 피해가 가는 건 비설의 성격상 그냥 두고 보기 어려웠다.

당시에도 자신을 돕기 위해 나섰다가 이같이 주자악의 눈 밖에 난 것이 아니던가.

정말 만약의 일이지만 혁련휘가 그 일로 인해 주자악에게 죽게 되거나 불구가 된다면?

'으으. 그 꼴은 못 보겠는데.'

생각이 거기까지 미치자 비설의 머릿속에서 망설임이 사라졌다.

'천단이 저쪽이었나?'

마음을 정한 비설이 빠르게 움직였다. 그녀는 이제 조금 익숙해진 환영학관의 내부를 빠르게 가로질러 걸었다.

그리고 이내 그녀는 천단의 무인들이 기거한다는 천학당에 도달할 수 있었다.

천학당에 처음 온 비설은 혀를 내둘렀다.

'차별이 장난 아니네.'

지학당 또한 나쁜 건 아니다. 하지만 천학당과 지학당은 구조 자체가 다르다. 일인 일실이라는 것만 알았지 설마 이렇게 커다란 장원으로 구성되어진 줄은 몰랐다.

담장으로 한 번 침입자를 걸렀고, 또 곳곳에는 천학당을 지키는 무인들까지 존재했다.

과한 게 아닐까 생각할 수도 있지만 그럴 수밖에 없는 게 천학당에 속한 이들의 일부는 마교 고위 인사의 자제들이다.

혹시 모를 만약의 사태를 방비하기 위해 이 정도의 경비는 필수였다.

비설은 슬쩍 주변을 둘러봤다.

곳곳에 있는 무인들의 실력은 보통이 아니었다. 고작 이런 곳에서 학생들의 거처나 지키고 있기엔 아까운 실력을 지닌 자들조차 종종 있었다.

그런 이들이 지키고 있는 청학당.

뚫고 들어가는 게 그리 쉬워 보이진 않았다.

혹시 모를 일을 대비라도 하려는 듯 비설은 가볍게 준비해 둔 복면을 꺼내 입에 둘렀다.

그리고 그녀가 움직였다.

수십 명이 지키고 선 천학당의 외벽 위를 비설이 단번에 날아올랐다. 그녀의 몸이 순식간에 천학당의 위를 가로질렀지만 인근에 있는 그 누구도 알아채지 못했다.

구름 위를 노니는 듯한 엄청난 신법.

짧은 순간 비설의 몸이 허공에서 여덟 번의 변화를 선보였다.

다름 아닌 곤륜파라는 이름을 천하에 알린 주역으로 알려진, 이제는 전설이 되어 버린 경신술 운룡대팔식(雲龍大八式)이다.

누가 본다면 기겁을 할 신법을 아무렇지 않게 펼치며 천학당에 들어선 비설은 은밀하게 움직였다. 그녀의 몸이 그림자처럼 건물 그림자로 스며들었다.

비설의 귀가 사방에서 들려오는 소리를 감지했다.

처음 잠입해 본 청학당 내부를 살피기 위해 비설은 그대로 바로 옆에 있는 건물의 벽을 차고 움직였다.

그녀의 몸이 깃털처럼 허공으로 날아오르더니 이내 천학

당 내부를 살필 수 있을 정도의 높은 위치로 쏜살같이 치솟
았다.

높은 건물의 지붕에 착지한 비설은 몸을 낮춘 채로 주변
을 둘러봤다.

수많은 건물들, 그리고 각양각색의 인원들이 그녀의 눈
에 들어왔다. 두리번거리던 비설은 이내 목표물을 발견했
다.

아주 멀리에 있는 독채 하나에 주자악이 다른 이들과 함
께 서서 뭔가를 이야기하고 있었다. 비설은 그쪽을 향해
빠르게 거리를 좁혔다.

건물 위를 빠른 속도로 뛰었지만 놀랍게도 작은 소리조
차 퍼지지 않았다. 그만큼 비설의 실력이 뛰어났기에 가능
한 일이다.

순식간에 비설과 주자악의 거리가 좁혀졌다.

그들이 이야기를 나누는 곳의 바로 옆 건물 지붕 위.

주자악과 그 근처에 있는 이들 모두 환영학관 내부에서
한가락 한다는 이들이다. 그럼에도 불구하고 그 누구도 비
설이 다가와 있음을 알아차리지 못했다.

도착하기 무섭게 들려온 낯익은 이름에 비설은 귀를 쫑
긋 세웠다.

"혁련휘 그놈에 대해 알아 온 게 아직도 없어?"

주자악의 목소리다.

그리고 이내 다른 누군가가 대답했다.

"교에 서신을 넣긴 했는데 아직 시간이 좀 걸릴 것 같아."

"대체 언제까지 기다려야 하지? 최소한 그놈 뒤에 누가 있는지는 알아야 할 거 아냐."

주자악의 탐탁지 않은 목소리.

하지만 그것만으로 비설은 안도의 한숨을 내쉴 수 있었다.

주자악은 아직 혈련휘를 건드릴 생각이 없어 보였다. 혈뢰주가라는 배경을 보고도 굽히지 않는 모습에서 뭔가 믿는 구석이 있는 게 아닌가 하고 먼저 완벽하게 조사를 하는 모양이다.

'치잇, 괜한 걱정을 했네.'

복면까지 쓰고 잠입한 자신의 행동이 우스웠는지 비설은 쓴웃음을 삼켰다.

아직 안전하다는 건 다행이긴 한데…….

'그런데 이자한테 당한 것도 아니면 대체 어디 가신 거야? 멀리 갈 거면 말이라도 하시든가.'

그럴 사이가 아니라는 건 알지만 비설은 괜히 불만스럽다는 듯이 속으로 투덜댔다. 그녀는 이곳에 있어야 할 이유가 사라졌다.

비설은 곧바로 몸을 돌려 천학당의 외곽으로 달려 나갔다. 그러고는 들어올 때처럼 은밀하게 인기척이 없는 바깥으로 빠져나갔다.

천학당을 나선 비설은 입을 가리고 있던 복면을 빠르게 풀어 품속에 넣었다. 그리고 아무렇지 않게 사람들이 북적거리는 길목으로 발길을 돌렸다.

비설이 막 인파들 사이에 파묻히는 순간이었다.

"비설. 여기 네가 왜 있냐?"

익숙한 목소리에 비설은 고개를 돌렸다. 그곳에는 커다란 짐을 들고 걸어오는 부의민이 있었다. 그는 여전히 귀찮아 보이는 얼굴로 비설에게 다가왔다.

부의민을 본 비설이 짧게 인사를 할 때였다.

"교관님 잘 지내셨……."

"어이쿠! 무겁다."

비설에게 다가온 부의민은 그녀에게 짐을 던지다시피 안겼다. 제법 묵직한 봇짐을 양손으로 받은 비설이 엉거주춤 서 있을 때였다.

"교관님이 무거운 것 들고 있으면 좀 들어 주고 그래야지. 안 그러냐?"

"그, 그럼요."

비설이 억지로 고개를 끄덕이자 부의민은 양어깨를 가볍게 풀며 말했다.

"이쪽엔 웬일이냐?"

"아, 형님이 안 보이셔서 찾아다니고 있었습니다."

"혁련휘?"

"네."

혁련휘를 찾아 비설이 돌아다녔다는 말에 부의민은 손가락으로 볼을 긁었다.

분명 처음 봤을 때는 금방이라도 싸운 것 같은 묘한 분위기가 흘렀는데 이곳에 들어온 이후 두 사람은 항상 붙어다녔다.

부의민이 궁금하다는 듯이 물었다.

"그렇게 안 보이는데 이상하게 친하단 말이야, 두 사람. 너희 나 모르는 뭔가 비밀 같은 거 있는 거 아냐?"

"그럴 리가요."

부의민에 말에 내심 찔리는지 비설이 어색하게 웃었다. 그녀가 황급히 화제를 돌렸다.

"그런데 이 봇짐은 뭡니까?"

"별거 아니고 생필품 좀 챙긴 거야."

"생필품이요?"

"어. 이번에 보직을 옮기게 됐거든. 앞으로 자주 보겠다?"

"저기 그 말은 혹시……."

"맞아. 지단으로 발령 나 버렸네. 사실 제일 가기 싫은 곳이었는데 재수 더럽게도 없지?"

세 개의 단들 중 가장 문제가 많이 벌어지는 게 지단이다.

천단은 마교의 인원들이 속해 있다. 그리고 인단은 정파의 무인들만이 있다.

그에 반해 지단은 정사 두 개의 인원들이 유일하게 뒤섞인 곳이다.

문제가 없으려 해도 없을 수가 없다는 소리다.

즐겁다는 듯 말하고 있지만 부의민의 얼굴에서 잔뜩 묻어나는 짜증을 비설은 느낄 수 있었다.

모든 일을 귀찮아하는 그가 뒤처리할 일이 가장 많은 지단으로 떨어졌으니 당연한 결과다.

비설이 이러지도 저러지도 못하고 있을 때였다.

부의민이 말했다.

"뭐해? 빨리 짐 들고 가지 않고."

"가, 갈게요."

비설은 자신의 상체만 한 봇짐을 든 채로 힘겹게 걸음을 옮기기 시작했다. 짐을 비설에게 모두 떠맡긴 부의민이 홀

가분해진 손을 탁탁 털며 중얼거렸다.

"하아, 짜증 나게 날씨 더럽게 좋네."


비설이 혁련휘를 찾아다니던 그 시각.

혁련휘가 있는 곳은 다름 아닌 비파월 사천 지부였다. 환영학관 바깥으로 나간 것도 모르고 비설은 그토록 혁련휘를 찾아다니고 있었던 것이다.

혁련휘가 이곳을 찾아온 이유는 얼마 전 부탁했던 정보를 받기 위해서였다.

서평은 비파월을 찾아온 혁련휘를 반갑게 맞았다.

"오셨군요, 혁 공자님."

호칭도 공손하게 변한 것이 그때 맡겨 둔 야명주 잔금의 위력이 대단하긴 대단한 모양이다.

서평은 환야와 달치가 보이지 않자 궁금했는지 물었다.

"오늘은 혼자시군요."

"둘은 할 일이 있어서 말이야."

간단하게 답한 혁련휘가 서평의 맞은편에 앉았다.

"정보는?"

"따끈따끈한 녀석으로 막 준비되어 있습니다. 그런데 생각보다 좀 골치 아픈 녀석이라 추가금이 조금 발생했는데 괜찮으시겠습니까?"

"상관없어."

얼마나 더 금액이 붙었는지조차 혁련휘는 묻지 않았다. 그런 그의 모습을 서평은 말없이 잠시 바라봤다.

무림에 전혀 모습을 드러낸 적 없었던 인물.

그럼에도 불구하고 어마어마한 재력을 지니고 무엇인가 일을 벌이고 있다. 하지만 서평은 궁금증을 가지지 않았다.

비파월은 돈으로 움직이는 집단.

필요한 정보를 팔고 돈만 받으면 그만이다.

서평이 종이 한 장을 내밀었다.

혁련휘는 그가 내미는 종이를 받아 들고는 빠르게 안의 내용을 살폈다.


오독귀.

나이는 오십이 넘은 걸로 추정. 실질적인 오뢰문의 문주로 성명절기는 홍학십이장(紅鶴十二掌)이라 이름 지어진 장법. 독공에 능하고, 비도술에도 어느 정도 일가견이 있음.

남만에 터를 두고 있는 독마궁(毒魔宮)이라는 곳에서 무공을 배웠고, 남만 특유의 독을 사용함.

정확한 숫자가 확인된 것만 해도 서른 번이 넘는 독살을 저질렀고, 대부분이 무공이 뛰어난 이들이었다는 걸 감안한다면 대단한 실력을 지닌 것으로 파악.

즉사를 시키는 독보다는 증거를 남기지 않고 천천히 인체를 망가트려 죽음으로 몰고 가는 방식을 선호.

어떤 방식으로 살인을 의뢰하는지 알려진 것이 없음. 의뢰를 받아서 실행을 저지르는 게 아닌 누군가의 명에 따라 움직이는 인물로 그에게 죽은 자는 아래와 같다.

도룡검, 화풍신마, 일진일박…….


이어지는 서찰의 내용에는 그에게 죽은 걸로 파악되는 이들의 별호가 쭉 적혀 있었다. 서찰에 적혀 있던 대로 그들은 무림에서 나름 알아주는 고수들이다.

그런 이들 모두를 죽인 자.

그럼에도 불구하고 무림에 전혀 알려지지 않은 인물. 그만큼 은밀하게 움직였기에 가능할 터.

죽어 간 이들의 별호를 천천히 보던 혁련휘의 시선이 멈칫했다.

뒷장을 넘기자마자 생각지도 못한 것이 적혀 있었던 탓이다.

혁련휘가 서찰을 응시하며 물었다.

"이거 진짜야?"

서찰에 적혀 있는 다소 놀라운 내용, 그건 다름 아닌 지금 오독귀가 있는 장소였다.

혁련휘의 질문에 서평은 씨익 웃었다.

"그 뒷장에 적힌 정보들 알아내느라 얼마나 어려웠는지 아십니까? 얼마나 은밀한 놈인지 꼬리를 드러낸 경우가 너무 없더군요. 정말 간신히 알아낸 겁니다."

서평의 말을 들으면서도 혁련휘의 시선은 종이에서 떨어지지 않았다.

오독귀가 있는 곳, 그곳은 다름 아닌 환영학관이었다.

그것도 교관이 아닌 학생으로.

"학객이라……."

혁련휘가 작게 중얼거렸다.

학객은 환영학관을 기한 내에 마치지 못하고도 떠나지 않고 계속해서 남아 있는 자들을 뜻한다. 하지만 이 정도 인물들을 죽이고 다니는 자가 실력이 모자라 졸업하지 못할 리가 없지 않은가.

그 말은 곧 일부러 남아 있다는 거다.

신분을 감추기 위해서? 그게 아니면 환영학관 내부에서 뭔가를 하기 위해서일지도 모른다.

어쩌면…… 이미 했을지도 모르는 것이고.

서평이 부가적으로 정보를 건넸다.

"나이는 오십 대지만 실질적으로 생긴 건 서른 중반 정도로 보인답니다. 그래서 학관 내부에서도 그 정도 나이로 알려져 있고요. 학관에 들어간 지는 구 년. 당시 나이가 사십이 훌쩍 넘었었는데 입관할 때는 스무 살 남짓으로 속이고 들어갔답니다. 학관 내에서는 양우생이라는 이름으로 지내고 있다더군요."

이야기를 듣던 혁련휘가 짧게 말했다.

"학관 내부에 뒤를 봐주는 자가 있겠군."

"아마도 그렇지 않을까요."

혁련휘의 머리가 빠르게 움직였다.

환영학관, 그리고 독을 이용해 사람을 죽이는 자다. 그리고 또 시기 또한 절묘하게 맞아 떨어진다.

동생 혁리원이 죽은 이유는 독 때문이다.

독에 중독된 시기는 죽기 반년 정도 전. 그리고 그 시기 혁리원은 임무를 위해 다름 아닌 환영학관에서 지내고 있었다.

중원에서 접할 수 없는 독이기도 하고, 질병처럼 찾아드는 특이성을 지닌 독이었기에 혁리원은 중독당했다는 사실조차 알지 못했을 것이다.

그렇게 그는 아주 천천히 독에 몸을 잠식당했을 게다.

당시 환영학관 내부의 잡일을 도맡는 이들 몇 명이 교체된 일이 있었는데 혁련휘는 그들을 통해 새로 들어왔던 몇

몇 이들의 신상 정보를 얻었다.

그렇게 그들의 뒤를 캐다 알게 된 것이 바로 오뢰문. 그리고 그 오뢰문의 비밀 문주인 오독귀.

오독귀는 중원에선 쉽사리 접하지 못하는 남만의 독을 사용하고, 죽이는 방식 또한 비슷하다. 게다가 혁리원이 독에 당했던 그때 아주 인근에 있었다.

의심이 확신으로 변해 간다.

하지만 혁련휘는 철저한 인물이다.

분노로 판단력이 흐려질 법도 하련만 그는 끝까지 침착했다.

"오독귀에게 당한 자들이 어떤 증상으로 죽었는지 알아내는 게 가능한가?"

"시간은 좀 걸리겠지만 어렵진 않죠. 몇 명 정도 해 볼까요?"

"정말 확실한 놈들로 다섯 정도."

"알겠습니다. 열흘 안에 준비 끝내 두도록 하지요."

"최대한 빠르게 부탁하지."

서평은 자신이 한 의뢰에 대해 조사할 것이다. 그리고 그동안 혁련휘도 할 일이 있었다.

'학객 양우생이라…….'

환영학관 내부에서 불리는 오독귀의 이름.

양우생, 그에게 접근한다.


＊　　　　＊　　　　＊


학객.

기한이 지나고도 환영학관을 떠나지 못한 일명 무능력자들의 집합소. 그들은 환영학관의 인원으로 내부의 출입이 가능하긴 하지만 청학과 홍학과는 극도로 다른 대우를 받는다.

숙소 또한 그냥 쓸 수가 없어 외부에 집을 구하거나 학관 내부에서 돈을 내고 머무를 수 있는 지역에서 지낸다.

수업이라 부를 만한 것도 없이 대부분이 자유롭게 시간을 보내고, 말이 좋아 학관의 학생이지 놀고먹는 한량이나 진배없다.

혁련휘가 지켜보는 양우생 또한 그런 자 중 하나였다.

학관 내부에서 발견한 그는 조용한 인물이었다.

키도 작고 왜소한 몸에 위축된 걸음걸이. 그래서인지 그는 유독 더 많은 이들에게 무시를 당하는 자이기도 했다.

누가 봐도 우습게 볼 만한 사람.

하지만 본래의 모습을 아는 혁련휘의 눈에도 그리 보일 리 없었다. 하나하나가 모두 거짓이고, 꾸며진 행동이다.

그만큼 치밀하게 자신의 정체를 숨기기 위해서 말이다.

환영학관에 들어온 지 무려 구 년이나 됐다고 한다.

구 년이라는 짧지 않은 시간 동안 그는 저런 거짓 모습으로 다른 이들을 속여 오며 선한 양우생으로 살아오고 있었던 것이다.

혁련휘가 멀리서 화원을 가꾸고 있는 오독귀 양우생을 바라보고 있을 때였다.

"형님!"

"또 왜?"

혁련휘의 말투엔 은근 귀찮다는 듯한 감정이 묻어났다. 어제 비파월에 다녀온 이후로 비설은 계속해서 혁련휘에게 따라붙었다.

물론 그 모든 것이 혁련휘가 혹시나 주자악에게 해코지를 당하는 게 아닐까 하는 걱정에서 나오는 행동이었지만 비설은 사실대로 말할 입장이 아니었다.

어제 몰래 청학들이 기거하는 천학당에 숨어들어 그들의 대화를 엿들었다는 걸 어떻게 설명한단 말인가.

그저 괜히 더 따라다니며 최대한 혁련휘를 지켜 주려 애쓸 뿐이었다.

비설이 옆으로 다가오며 말했다.

"여기서 대체 뭐하십니까?"

"산책 중이야."

"이렇게 함부로 돌아다니시다가 큰일이라도 나시면 어쩌려고요."

"무슨 큰일?"

"마, 말이 그렇다는 겁니다. 하하."

비설이 어색하게 웃으며 말을 돌렸다.

차마 드러낼 수 없는 속내에 비설은 답답했다. 얌전히 있어도 모자랄 판국에 대놓고 나 잡아 잡쉬라 하면서 돌아다니는 혁련휘를 보고 있자니 걱정이 될 수밖에 없었다.

더군다나 혁련휘가 주자악에게 밉보인 일이 자신과 연관되어 있다 생각하니 그냥 두 손 놓고 당하는 걸 보고 있기도 뭐했다.

이상하다는 듯 자신을 보는 혁련휘 때문이었을까 비설은 급히 혁련휘의 뒤편을 보려고 까치발을 들었다.

"뭘 보고 계셨던 것 같은데……."

비설이 어깨 너머로 혁련휘의 뒤편을 살피려 했다. 그러자 혁련휘가 재빠르게 거리를 좁혀 뒤쪽에 있는 양우생을 살피지 못하게 막았다.

"가자."

"아, 저기 잠시만요."

혁련휘는 그 자리에서 버티고 서려는 비설을 억지로 질

질 끌다시피 하며 장소를 빠져나갔다.

사람들이 많이 다니는 길목이긴 했지만 괜히 자신의 얼굴을 양우생에게 자주 보여 줄 필요는 없다.

보통 인물도 아닌 수십 명의 무림 고수들을 암살한 인물이라면 그런 미묘한 변화에도 위험을 감지할 수도 있으니까.

놈을 도망치게 할 생각은 없었다. 오독귀는 동생의 복수를 위해 무림으로 나온 이후 혁련휘가 찾은 첫 단서였기에.


혁련휘는 삼 일 동안 먼발치에서 양우생을 감시했다.

그의 하루 생활은 너무나 단조로웠다.

양우생은 학관 바깥에서 기거했고, 정확하게 사시(巳時)가 되면 학관에 모습을 드러냈다.

그는 오전과 오후 각기 한 시진 정도씩을 제하고 대부분은 화원에서 보냈다.

꽃과 나무를 가꾸는 것이 취미라 알려진 것처럼 그는 온종일을 물을 주고 가지를 치며 시간을 보냈다. 그렇게 환영학관 내부의 일과를 마치면 그는 곧바로 집으로 귀가했다.

그리고 이후엔 마당 딸린 집에 심은 다른 식물들을 가꾸는 것 외에는 특별한 행동을 하지 않았다.

단순하면서도 전혀 의심할 것 없는 생활.

그랬기에 그렇게 오랫동안 정체를 숨기는 것이 더 수월했을지도 모르겠다. 말없이 계속해서 뒤를 캐던 혁련휘는 환야를 통해 오늘쯤 비파월에게 의뢰했던 오독귀 양우생의 살행에 대한 정보가 들어온다는 사실을 확인했다.

이후 혁련휘는 그동안 멀리서 바라만 보던 것과 다르게 적극적으로 다가가기로 마음먹었다.

그 시작은 바로 실수를 가장한 대화였다.

빠르게 걸음을 재촉하던 혁련휘가 화원을 가로질렀다. 그의 발에 양우생이 애지중지 키우던 꽃이 걸렸다.

마침 화원 안에 있는 화단 쪽 꽃을 손보던 양우생의 입에서 짧은 소리가 흘러나왔다.

"아……."

안타까운 비명 소리에 몇 발자국 더 걷던 혁련휘가 걸음을 멈췄다. 그는 슬쩍 고개를 돌려 양우생을 바라보더니 이내 발아래로 시선을 돌렸다.

그러고는 마치 그제야 알았다는 듯이 황급히 발을 치웠다. 그리고 미리 준비했던 행동을 취했다.

"이런."

몸을 숙인 그가 엉망이 된 화단을 손으로 황급히 정리하기 시작했다. 그는 정성스럽게 다시금 꽃을 세우고는 뿌리를 흙으로 덮었다.

몇 개는 영 못 쓸 정도가 되었지만 그래도 대부분은 다행히 별 문제 없어 보였다. 급히 손을 본 혁련휘가 멍하니 서 있는 양우생을 향해 입을 열었다.

"급한 일이 있어 가는 길이라 미처 발아래를 확인하지 못했습니다. 소중히 키우는 것들 같은데 결례를 용서하십시오."

"아, 아닙니다."

양우생이 어눌하게 손사래를 치며 사과를 받았다. 그런 모습을 보며 혁련휘의 눈동자가 더욱 날카롭게 빛났다.

사람 좋아 보이는 모습. 하지만 이 모든 것이 자신의 신분을 감추기 위한 연기에 불과하다.

혁련휘가 괜히 주변을 한번 둘러봤다.

"이걸 다 직접 키우시는 것입니까?"

"예, 그렇습니다."

"솜씨가 좋으시군요. 이토록 생기 있는 꽃과 나무는 좀처럼 본 적이 없는 것 같습니다."

"과찬이십니다."

양우생은 아니라는 듯 말하면서도 얼굴이 붉어졌다. 자신이 키운 것들이 칭찬을 받자 내심 기분이 좋은 모습이었다.

혁련휘가 괜스레 꽃 한 종류를 발견하고는 놀란 듯이 물었다.

"이건 우금화로 보이는데 맞습니까?"

"우금화를 아십니까?"

혁련휘의 말에 양우생은 슬쩍 놀란 눈치였다.

우금화는 남만에서 자라는 꽃이다. 중원에서는 쉬이 보기 힘든 꽃이다 보니 그것에 대해 아는 이가 없다. 그런데 혁련휘가 그것에 대해 바로 알아차리자 양우생 또한 관심을 드러낸 것이다.

양우생의 질문에 혁련휘가 고개를 끄덕였다.

"꽃에 조금 관심이 있습니다. 예전부터 우금화를 한번 보고 싶었는데 이렇게 보니 감회가 새롭군요. 우금화 잎으로 만든 차향이 그리 감미롭다 하던데……."

슬쩍 떠보는 혁련휘의 말에 칭찬을 받아 기분이 좋아진 양우생이 말려들었다. 그가 기분 좋은 목소리로 물었다.

"원하신다면 찻잎을 준비해 드릴까요?"

"정말 그래 주시겠습니까?"

"어려운 일도 아니니까요. 작년에 담가 놓은 차가 집에 꽤 많이 남아 있습니다. 이렇게 꽃을 좋아하시는 분께 대접하는 거라면 저 또한 즐거운 일입니다."

양우생이 환하게 웃으며 말할 때였다. 혁련휘가 퍼뜩 생각난 듯이 자연스럽게 말을 받았다.

"생각해 보니 아직 서로의 이름도 알지 못했군요. 제 이름은 혁련휘입니다."

"그쪽이 혁련휘라는 분이군요. 이름 많이 들었습니다."

"제 이름을 말입니까?"

어떻게 갓 들어온 자신을 아냐고 묻는 혁련휘를 향해 양우생이 대답했다.

"신입생이지만 그 이름을 모르는 사람은 거의 없을 겁니다. 청학의 주자악과의 이야기로 이미 학관 내부가 시끌시끌하니까요. 저는 양우생이라고 합니다. 부끄럽지만……학객이지요."

"학객이시군요. 그렇다면 거처가 혹 학관 밖에 있으신 겁니까?"

"예, 그렇습니다."

이미 알고 있었지만 이제 알았다는 듯 혁련휘가 준비했던 말을 내뱉었다.

"그렇다면 제가 오늘 머무시는 집으로 찻잎을 찾으러 가겠습니다."

"직접 말입니까?"

양우생이 당황한 듯 되물었다. 그러자 혁련휘가 오히려

왜 그러냐는 듯 태연한 표정으로 말했다.

"예. 무슨 문제라도 있으십니까?"

"아니, 그런 건 아닙니다만……."

양우생은 잠시 머뭇거렸지만 이내 흔쾌히 고개를 끄덕였다.

"오시지요. 약도를 간단하게 그려서 드리겠습니다."

말을 마친 양우생은 품에서 종이와 휴대용 붓통을 꺼내 간략하게 지도를 그렸다. 그가 기거하는 곳의 위치까지 아는 혁련휘지만 마치 처음 보는 듯 종이를 살피며 고개를 끄덕였다.

"외곽에 사시는군요."

"꽃과 나무를 기르려다 보니 아무래도 그런 곳이 가격도 싸고 좋더군요."

"이해합니다."

혁련휘는 작게 고개를 끄덕였다. 그러고는 건네받은 약도를 품 안에 넣고는 인사를 건넸다.

"그럼 용무를 마치고 저녁에 찾아뵙겠습니다."

"알겠습니다. 기다리지요."

인사를 마친 혁련휘는 아까 걸어가던 방향으로 몸을 틀고 빠르게 걸음을 옮겼다. 혁련휘는 곧바로 환영학관의 외곽으로 움직였다.

며칠 동안 주변을 탐색하며 본 덕분에 양우생이라는 인물의 성격을 파악해 둔 혁련휘다. 물론 그것이 진짜 성격은 아니겠지만 양우생으로 사는 오독귀는 무척이나 선한 듯이 행동한다.

부탁도 잘 거절하지 못하고 내성적이다.

그런 그의 가짜 모습을 이용했다.

물론 혁련휘를 집에 초대하는 것이 큰 문제가 아니니 승낙했을 것이다. 제아무리 가면을 쓰고 사는 자라고 해도 뭔가 위험하다 느꼈다면 혁련휘의 제안을 거절했을 테니까.

그는 정말로 혁련휘와 차 한 잔을 즐기려고 부르는 것일 게다.

그리고 그 한 번의 기회로 혁련휘는 오독귀를 흔들어 놓을 생각이었다.

그가 하늘을 올려다보며 입을 열었다.

"흑풍."

그 순간 하늘 높이에 있는 점 하나가 점점 커지기 시작했다. 빠른 속도로 매 한 마리가 하강했다. 새카만 털을 지니고 있는 흑풍이었다.

커다란 날개를 가볍게 펄럭이며 속도를 멈춘 그가 혁련휘의 어깨에 앉았다.

"끼이익."

반가운 듯 낮은 울음소리를 토해 내는 흑풍의 머리를 혁련휘가 가볍게 쓰다듬었다. 혁련휘는 미리 준비해 두었던 서찰이 말린 자그마한 통을 흑풍의 목에 걸었다.

혁련휘가 팔을 내밀자 흑풍은 손등으로 몸을 움직였다. 그가 하늘을 향해 손을 들어 올리며 말했다.

"환야한테 부탁할게."

"끼익."

걱정 말라는 듯 짧게 울음을 토해 낸 흑풍이 곧바로 하늘 위로 솟구쳤다. 그의 강인한 날갯짓에 주변으로 흙먼지가 잔뜩 일었다.

혁련휘가 흙먼지 속에서 천천히 걸어 나왔다.

'그럼 이제 다음 단계로 넘어가 볼까.'


\*　　　\*　　　\*


약속된 시각.

혁련휘는 정확하게 양우생의 집을 찾아왔다. 성도 끝자락에 위치한 양우생의 거처는 그리 크지도, 작지도 않은 적당한 크기였다.

찾아온 혁련휘를 양우생은 크게 반겼다.

"오셨군요. 위치가 어려워서 헤매지는 않으셨는지요?"

"약도를 잘 그려 주셔서 괜찮았습니다."

"아차, 손님을 너무 밖에 모셨군요. 우선 안으로 드시지요."

혁련휘는 양우생의 안내를 따라 큰 화원을 지나 그의 거처로 들어섰다. 방 안으로 들어서서 마주 앉자 양우생이 부끄럽다는 듯이 말했다.

"너무 누추한 곳이지요?"

"아닙니다. 향기도 좋고 운치가 있군요."

"그리 생각해 주신다니 감사할 뿐입니다."

짧게 덕담을 주고받은 양우생이 자리에서 일어나 옆에 있는 탁자로 가서 작은 병 하나를 들고 왔다. 병을 덮고 있는 뚜껑을 연 그가 안에 든 잎을 꺼냈다.

그는 찻잎을 달이며 말했다.

"우금화 차입니다."

은은한 향이 방 안을 가득 덮었다.

모르고 한 말이지만 전해 들은 대로 우금화로 만든 차는 무척이나 향이 좋았다. 혁련휘가 고개를 끄덕이며 괜스레 감탄한 척 말했다.

"소문대로군요. 이런 귀한 차를 대접해 주시니 고마울 따름입니다."

"진가를 알아봐 주시는 분께 대접하니 저도 기쁩니다."

그가 다린 찻물을 가지고 와서 혁련휘 앞에 있는 찻잔에 천천히 채워 넣었다. 양우생은 이내 자신의 찻잔에도 채우고는 자리에 앉았다.

"드시지요."

양우생이 권하자 혁련휘는 고개를 끄덕이고는 찻잔에 입을 가져다 댔다.

그렇게 둘은 차를 마시며 두런두런 이야기를 나눴다. 주제는 대부분이 꽃에 관련해서였다.

사실 혁련휘는 꽃에 대해 관심이 전혀 없었다. 다만 양우생에게 접근하기 위해 필요한 것들을 알아보고 달달 외운 것뿐이다.

며칠 동안 꽃에 대해 외우고 공부한 덕분에 관심은 없지만 적지 않은 지식은 지니게 됐다. 그가 키우는 모든 꽃을 조사했고, 그 외에 관심을 가질 법한 남만의 식물들에 대해서도 정보를 얻었다.

양우생과 관련된 꽃들에 대해서 집중적으로 알아본 덕분에 아는 것에 비해 꽃에 대한 지식이 방대해 보일 수밖에 없었다.

하지만 꽃에 대한 이야기를 하면서 혁련휘의 관심은 온통 다른 곳으로 쏠려 있었다.

'어딘가에 창고가 있을 텐데.'

독의 종류는 수천, 수만 가지가 넘는다. 물론 그 모든 독을 사용하지는 않겠지만 오독귀 정도 되는 자라면 제법 많은 종류의 것을 지니고 있을 것이다.

그리고 살행에 따라 상황에 맞는 독을 골라 쓸 테고.

자그마한 곳에 두기엔 그 종류가 너무나 방대했다.

이야기하는 와중에도 들키지 않게 주변의 미세한 부분까지 살폈지만 딱히 수상해 보이는 부분은 보이지 않았다.

하지만 혁련휘는 조급해하지 않았다. 애초부터 예상했던 일이었으니까. 그토록 쉽게 자신의 약점을 들통 낼 정도의 인물이었다면 그 같은 무림의 고수들을 죽일 수는 없었을 것이다.

혁련휘는 집 안에 있는 모든 것들을 머리에 담았다.

간단한 소지품부터 해서 커다란 가구의 위치까지 꼼꼼하게 확인했다.

기관이 있을지도 모른다는 생각에서였다.

여기저기를 살폈지만 아쉽게도 혁련휘는 아무런 것도 찾지 못했다.

한참을 이야기하던 양우생이 이내 바깥을 살피고는 정신을 차린 듯 말했다.

"이런 이야기가 재미있다 보니 시간 가는 줄 몰랐군요."

"그러게 말입니다. 통금 시간이 아슬아슬해서 바로 가 봐야겠습니다."

"아, 괜히 저 때문에⋯⋯."

"아닙니다. 저도 즐거웠습니다."

말을 마친 혁련휘는 자리에서 일어났다.

확인해야 할 건 이미 모두 끝났다. 더는 이곳에 있을 이유가 없었다.

짧은 인사를 마치고 바깥으로 나온 혁련휘는 곧바로 환영학관 쪽으로 걸음을 옮겼다. 그렇게 약 반 각가량을 걸어가던 그가 인근에 아무도 없음을 확인하고는 입을 열었다.

"보고해."

말이 떨어지자 아무도 없던 장소에서 거짓말처럼 환야와 달치가 모습을 드러냈다. 환야가 혁련휘를 향해 비파월에게서 건네받은 정보를 말했다.

"쌍절마도, 유령추 이 두 명이 죽은 과정이 동생분의 경우와 아주 흡사합니다. 빼도 박도 못 하게요."

"⋯⋯."

"아무래도 대장님의 예상이 맞는 것 같습니다. 동생분에게 직접 독을 쓴 게 오독귀 본인이거나, 그게 아니라고 해도 최소한 독을 전달한 건 그자일 겁니다. 이제 굳이 독을 찾아 확인할 필요까지도 없어 보입니다."

혁련휘는 아무런 말도 없이 환야의 보고를 듣고만 있었다.

예상했던 일이다.

하지만…… 분노가 치민다.

동생의 죽음과 연관된 자를 눈앞에 두고 있지만 혁련휘는 솟구치는 화를 억눌렀다. 수많은 죽을 고비를 넘기며 그는 얼음장과도 같은 차가운 머리를 가지게 됐으니까.

그런 혁련휘를 향해 환야가 조심스레 물었다.

"혹시 찾으신 건 있으십니까?"

"없어. 독을 다른 곳에 숨겨 둔 건지 아니면 우리가 못 찾은 뭔가가 있는지 장담할 순 없지만 당장에 수상한 건 안 보이는군."

"그럼 결국 그 방법을 쓰실 생각입니까?"

"응. 독을 감추고 있으니 스스로 꺼내게 만들어야지."

오독귀는 독을 쓰는 자다.

그리고 동시에 살수다. 오독귀가 가진 독을 확인하기 위해서 그를 함정에 빠지게 만들어야 했다.

오독귀를 살행에 나오게 해야 한다.

그러기 위해서는 오독귀가 가진 모든 걸 빼앗아야 했다. 쌓아 둔 모든 것을 잃는다면 돈에 휘둘리게 될 테니까.

"오뢰문에 대해 추가로 요청한 건?"

"대장님의 예상대로입니다. 일반 문파의 모습을 하고 있지만 오독귀와 마찬가지로 살수 집단입니다."

"가지."

"지금 바로 말입니까?"

"시간 끌 필요 있나?"

혁련휘의 말에 환야가 멈칫하더니 이내 웃는 얼굴로 고개를 저었다.

"없죠."

환야가 짧게 대답했을 때였다.

이야기를 듣고만 있던 달치도 상황을 이해했는지 신이 나는 목소리로 말했다.

"달치 싸운다. 두목이랑 같이 싸운다."

"조용해. 우리가 싸우러 간다고 동네방네 소문이라도 낼 생각이야?"

환야가 달치에게 핀잔을 주자 그는 가볍게 입술을 내밀며 중얼거렸다.

"환야 겁쟁이다. 겁이 너무 많다."

"이게……."

둘의 목소리를 뒤로한 채로 혁련휘가 앞으로 걸어 나갔다. 스산한 달빛 아래 그의 몸이 어딘가를 향해 움직였다.

그리고 그런 혁련휘의 뒤를 환야와 달치, 두 사람이 쫓았다.

오늘 오뢰문은 세상에서 사라진다.


〈다음 권에 계속〉